林汉达 **成语故事**

隐身 西汉的成语

林汉达 著

王晓鹏 绘

北方联合出版传媒（集团）股份有限公司

万卷出版公司

·沈阳·

ⓒ 林汉达 王晓鹏 2019

图书在版编目（CIP）数据

隐身西汉的成语 / 林汉达著；王晓鹏绘. — 沈阳：
万卷出版公司，2019.7（2021.8重印）
（林汉达成语故事）
ISBN 978-7-5470-5163-4

Ⅰ.①隐… Ⅱ.①林… ②王… Ⅲ.①汉语－成语－
故事－儿童读物 Ⅳ.①H136.31-49

中国版本图书馆CIP数据核字（2019）第118405号

出 品 人：王维良
出版发行：北方联合出版传媒（集团）股份有限公司
　　　　　万卷出版公司
　　　　　（地址：沈阳市和平区十一纬路 25 号　邮编：110003）
印 刷 者：辽宁新华印务有限公司
经 销 者：全国新华书店
幅面尺寸：165mm×230mm
字　　数：135 千字
印　　张：12
出版时间：2019 年 7 月第 1 版
印刷时间：2021 年 8 月第 4 次印刷
责任编辑：齐丽丽
责任校对：尹葆华
封面设计：刘萍萍
版式设计：刘萍萍
ISBN 978-7-5470-5163-4
定　　价：29.80 元
联系电话：024-23284443
邮购热线：024-23284050
传　　真：024-23284521

怀念林汉达先生

周有光

林汉达先生（1900—1972）是我的同道、同事和难友。他是一位教育家、出版家和语文现代化的研究者。他一生做了许多工作，例如向传统教育挑战、推进扫盲工作、研究拼音文字、编写历史故事、提倡成语通俗化，等等。

1941年，林先生出版他的教育理论代表作《向传统教育挑战》，一方面批判地引进西方的教育学说，一方面向中国的传统教育提出强烈的挑战。他认为，要振兴中国的教育，必须改革在封建社会中形成的教育成规。在教学中，"兴趣和努力"是不应当分割的，"兴趣生努力，努力生兴趣"。他在半个世纪以前发表的教育理论，好像是针对着今天的教育实际问题，仍旧值得我们学习和深思。

1942年他出版《中国拼音文字的出路》，对拼音文字的"正词法"和其中的"同音词"问题，提出了新见解，使语文界耳目一新。他用"简体罗马字"译写出版《路得的故事》和《穷儿苦狗记》，在实践中验证理论。

1952年，教育部成立"扫除文盲工作委员会"，林先生担任副主任。他满腔热忱、全力以赴，投身于大规模的扫盲工作。他重视师资，亲自培训扫盲教师，亲自编写教材。

林先生认为语文现代化是教育现代化的必要条件。语文现代化的首要工作是"文体口语化"。文章不但要写出来用眼睛看得懂，还要念出来用耳朵听得懂，否则不是现代的好文章。他认为历史知识是爱国教育的必要基础。20世纪50年代后期开始，他把主要精力放在编写通俗的历史故事上。这一工作，一方面传播了历史知识，一方面以身作则，提倡文章的口语化。

林先生曾对我说："我一口宁波话，按照我的宁波官话来写，是不行的。"因此，他深入北京的居民中间，学习他们的口语，写成文稿，再请北京的知识分子看了修改。一位历史学者批评说，林先生费了很大的劲儿，这对历史学有什么贡献呢？但是，这不是对历史学的贡献，这是对教育和语文的贡献。"二十四史"有几个人阅读？《中国通史》一类的书也不是广大群众容易看懂的。中国青年对中国历史了解越来越贫乏。历史"演义"和历史"戏剧"臆造过多。通俗易懂而又趣味盎然的历史故事书正是今天群众十分需要的珍贵读物。

他接连编写出版了《东周列国故事新编》《春秋故事》《战国故事》《春秋五霸》《西汉故事》《东汉故事》《前后汉故事新编》《三国故事新编》《上下五千年》（由曹余章同志续完，香港版改名为《龙的故事》），用力之勤，使人惊叹！这些用"规范化普通话"编写的通俗历史故事，不但青年读来容易懂，老年读来也津津有味，是理想的历史入门书。这样的书，在我们这个历史悠久的文明古国里，实在太少了。

在编写历史故事的时候，他遇到许多"文言成语"。"文言成语"大多是简洁精辟的四字结构，其中浓缩着历史典故和历史教训。有的不难了解，例如"小题大做""后来居上""画蛇添足"。可是，对一般读者来说，很多成语极难了解，因为其中的字眼生僻，读音难准，不容易知道它的来源和典故，必须一个一个都经过一番费事的解释，否则一般人是摸不着头脑的。例如"惩前毖后""杯弓蛇影""守株待兔"。文言成语的生涩难懂妨碍大众阅读和理解，是不是可以把难懂的文言成语改得通俗一点儿呢？林先生认为是可以的，而且是必须的。他从1965年到1966年，在《文字改革》杂志上连续发表《文言成语和普通话对照》，研究如何用普通话里"生动活泼、明白清楚"的说法，代替生僻难懂的文言成语。他认为，"普通话比文言好懂，表现充分，生命力强，在群众嘴里有根"。

为了语文教育大众化，他尝试翻译中学课本中的文言文为白话文。例如《文字改革》杂志1963年第8期刊登的他的译文《爱莲说》。他提倡大量翻译古代名著，这是"五四"白话文运动以来做得很不够的一个方面。把文言翻译成为白话，便于读者从白话自学文言，更深刻地了解文言，有利于使文言名著传之久远，同时也推广了口语化的白话文。

林先生说，语文大众化要"三化"：通俗化、口语化、规范化。通俗化是叫人容易看懂；口语化就是要能"上口"，朗读出来是活的语言；规范化是要合乎语法、修辞和用词习惯。

周有光，原名周耀平，中国著名语言学家，汉语拼音方案的主要制定者，并主持制定了《汉语拼音正词法基本规则》，被誉为"汉语拼音之父"。

本文节选自周有光先生2000年所作《怀念林汉达先生——林汉达诞辰100周年》。

tián　héng　xiào　rén

田横笑人

　　秦朝是在公元前 206 年灭亡的，所以汉朝的纪年也从这一年算起。

　　刘邦打败了项羽，灭了西楚。他不放心手握重兵的韩信，便跑到韩信营里，把他大将军的印、兵符和军队都夺了过去。他还安慰韩信说："将军立过那么多功，我绝忘不了你。但现在天下大势已定，而将军功高权重，难免引起小人妒忌。万一将军受了委屈，叫我怎么对得起将军呢？我考虑再三，觉得义帝没有子嗣，将军又是淮阴人，我就封你为楚王，让你去镇守你的故乡楚地，那可要比镇守遥远的齐地强多了。"韩信有些不太高兴，但兵权已经没了，不由得他不答应。

　　公元前 202 年二月，刘邦登基，做了皇帝，建立了

汉朝，后人称他为汉高祖。他立吕雉为皇后，公子盈为皇太子，定都洛阳。

天下平定后，汉高祖还有一件心事：齐王田广死后，他的叔叔田横做了齐王。齐王田横带着五百多人逃到了一个海岛上去避难，他们在海岛上种起了庄稼，就这么靠着种地和捕鱼过着艰苦的生活。

汉高祖因为田横很得人心，怕他们以后趁机再作乱，所以一听说他躲在海岛上，就派使者到海岛上去传达命令，说要赦他们的罪，叫他们回来。田横招待了使者，请他先休息一下。他立刻召集了手下的五百多人，商议投降的事情。五百人都说："不能投降！刘邦表面宽大，

内心狭隘，是个刻薄小人，大王绝不能去。"田横就回绝了使者，对他说："我烹了郦食其（lì yì jī），已经得罪了汉王，再说郦食其的兄弟郦商正在汉王左右，他绝不能放过我。请替我拜谢汉王，让我做个老百姓吧。"

郦食其之死

郦食其，刘邦谋士，以三寸不烂之舌著称。楚汉相争时，他对刘邦说自愿去招降齐王田广。郦食其到了齐地，向齐王晓以利害，齐王欣然同意，罢兵守城，天天和郦食其纵酒谈心。刘邦不放心，暗中派韩信领兵抵达齐国边界，一旦郦食其失败，好先下手为强。

韩信抵达平原，听说郦食其已说服齐王，就想下令撤退，谋士蒯通对韩信说："难道你一个大将军还比不上一介儒生？"韩信在其煽动下，率军直抵齐境。齐王田广认为上了郦食其的当，将郦食其烹杀。

使者回报了汉高祖，汉高祖把郦商叫来，对他说："要是齐王田横到来，有人敢动他一根汗毛，或者敢得罪他的随从人员的，一律灭门！"郦商吓得缩着脖子，连连说："是，是！"汉高祖又派使者带着使节、诏书去招收田横。

使者第二次到了海岛上，对田横说："皇上说了，只要你们去，大则封王，小则封侯；倘若不去，他只好发兵来剿灭你们了。"

田横再一次跟海岛上的五百多人商议。他们说："大王不能去。封王、封侯，说得多好听！他高兴了，可以封你为王，封你为侯；一不高兴，也可以打你的耳光，砍你的脑袋！人家变了脸，再想回来可就办不到了。咱们不如在海岛四周多设营寨，加紧防备，就算有千军万马也没法过来。"

田横说："使不得！我对诸君没有一点儿恩德。这些年，你们跟着我没少吃苦，我却没让你们享过富贵。要是我不去，汉王必定发兵来攻，诸君必然会被我连累。这么多人为我一个人死，说什么我也不干，我还是去吧。"他们嚷着说："我们愿意跟大王共生死，要去一起去，死也死在一块儿。"田横摆摆手，说："要是大家都去，人数过多，容易引起误会。我一个人去，汉王不会生疑。我去了以后，如果还不错，我再派人来接你们。"他就带了两个门客，跟着使者去了洛阳。

到了距离洛阳只有三十里地的驿舍，他们先歇了歇。田横对使者说："做臣下的朝见皇上，应当洗个澡、换身衣服，表示敬意。我就在驿舍里洗个澡，行不行？"使者答应了。

田横支开了使者，对两个门客说："我是齐国的臣卜，应当忠于齐王。齐王被敌人杀了，我去投奔敌人，今后哪还有脸再见人？要是后人都学我，见谁强就去奉承谁，那天下还有忠义吗？我和汉王原本都是王，现在他做了皇帝，我去当俘虏，处处看他的眼色，听他的使唤，多羞耻呀！再说我杀了郦食其，现在去跟他的兄弟一块儿伺候一个主人，尽管他由于害怕汉王不敢为难我，可我自己心里也觉得惭愧。"

两个门客愁眉不展地听着，还没来得及说话，田横已经自杀了。两个门客抱着尸首，哭了一会儿，一咬牙，不再流泪了。使者听到了哭声，进来一看人已经死了，只好无可奈何地包了田横的脑袋，叫两个门客捧着去见汉高祖。

汉高祖见了田横的人头，不由得叹息着说："唉，他们哥儿三个（指田儋、田荣和田横）平民出身，先后都打天下，做了齐王。真了不起！"他就拜田横的两位门客为都尉，派两千名士兵造了一座坟，用安葬国王的礼节把田横安葬了。

那两个门客祭过了田横，就在坟边挖了两个坑，拔

剑自杀了。当时就有人去报告汉高祖，汉高祖听了，挺纳闷儿。他吩咐手下把那两具尸首葬在了田横的坟边。

汉高祖对大臣们说："你们看，田横不愿意封王，自杀了，他的两个门客也自杀了。他们怎么能有这么深的情义？真了不起！听说这么了不起的人在海岛上还有五百个。这么了不起的人，谁都钦佩，我怎么能让他们流落在海岛上呢？"他就第三次派使者去了海岛，又嘱咐使者千万要劝他们回来。

使者到了海岛上，传达了汉高祖的命令，接着说："皇上早已说过，田横来，大则封王，小则封侯。田横已经受封为齐王，两位门客也做了大官。齐王说了，请你们快去，同享富贵。"他们着急地问："我们的大王怎么样了？有他的信件没有？"使者说："齐王正忙着呢，叫我捎个口信来不是一样吗？"

他们心里有些怀疑，可是田横不回来，他们也不能在海岛上住下去。去就去吧，五百个齐人，只带着随身的宝剑，跟着使者到洛阳去见齐王。他们还没到洛阳，就听到了人们纷纷议论着田横和两个门客自杀的事儿。几个领头的对使者说："请让我们先去拜过齐王的坟墓，尽了我们做臣下的对旧主的情义，然后再朝见皇上。"使者见这五百个壮士个个带着宝剑，沿路

已经有几分害怕，哪里还敢说个"不"字。

五百个壮士到了田横坟上，祭祀了一番。悲伤到了极点，反倒没有眼泪了，他们作了一首歌，大伙儿拿挺低沉的嗓音唱着：

人生好比草上露，哪能永远在草上？

晶亮又纯洁，颗颗能发光；

宁可随着阳光去，不能掉在粪土上；

不怕时光短，只怕一旦脏！

（《薤露歌》：薤上露，何易晞。露晞明朝更复落，人死一去何时归。）

他们唱了又唱，越唱越伤心，连使者也跟着流眼泪。他们不愿意投降，可又没有力量反抗，五百个人就全都自杀了。

消息传到汉高祖那里，他惊讶得半天说不出话来。他直纳闷儿，他们怎么会那么心齐？这么忠义的人哪里去找？田横真叫人佩服！汉高祖吩咐士兵把五百个义士的尸首好好安葬了。后来人们为了纪念田横和五百个义士，就把那座海岛称为"田横岛"。

田横笑人

《南史·陆超之传》中有记载："人皆有死，此不足惧，吾若逃亡，非惟孤晋安之眷，亦恐田横客笑人。"

南朝的时候，齐国有一位叫作陆超之的大臣，很得晋安王的欣赏。后来，晋安王清君侧失败，有一位大臣劝陆超之逃跑，陆超之说："死亡没什么可怕的，但如果我逃跑了，不仅辜负了晋安王，恐怕还会被田横的宾客耻笑。"在这里，陆超之借用了田横的五百宾客不愿投降汉朝的故事，表明自己不愿苟且偷生的决心。

后来，人们用田横笑人来形容矢志不渝、宁死不屈。

<ruby>走<rt>zǒu</rt></ruby> <ruby>胡<rt>hú</rt></ruby> <ruby>走<rt>zǒu</rt></ruby> <ruby>越<rt>yuè</rt></ruby>

走 胡 走 越

　　汉高祖依照安葬国王的礼节安葬了田横，又把五百多个义士的尸首都好好儿地埋了，算够宽大的了。可是人们不谅解汉高祖的好心，背地里都说田横他们是他逼死的，这可把汉高祖气坏了。他觉得做了皇帝不能太厚道，谁不来投降，就该灭门，封他们做王做侯，反倒给自己招来不痛快。于是，他下了一道命令捉拿季布：逮住季布的，赏赐千金；隐藏季布的，灭三族。这道命令一下去，谁不想要千金重赏？哪一个还敢窝藏季布？

　　季布原来是个侠客，在楚地挺有名望。他答应人家的事情，没有不帮人家办到的，所以楚人有这么一句话："得到黄金万两，不如季布答应一声。"后来季布投了军，在霸王项羽手下做了大将。他屡次追杀汉王刘邦，刘邦差点儿死在他手里。这会儿刘邦做了皇帝，非要把他抓来剁成肉酱，才能解恨。

季布"一诺千金"

季布，最初是楚霸王项羽帐下五大将之一（分别为龙且、英布、季布、钟离眜、虞子期），曾数次围困刘邦。项羽败亡后，被刘邦悬赏捉拿，后在夏侯婴的说情下，为刘邦所用，拜为郎中。

季布为人仗义，好打抱不平，以信守诺言、讲信用而著称。楚国人中广泛流传着"得黄金百斤，不如得季布一诺"的谚语。"一诺千金"这个成语即来源于此。

季布认为自己挺有才能，还想着有朝一日能干一番大事，于是他宁肯忍辱偷生，也不愿轻易一死。霸王失败以后，季布躲在濮阳（濮 pú）的旧友周家的家里。因为各处都在捉拿季布，风声挺紧，周家没法再窝藏他，就跟季布商量，劝他离开濮阳，去投奔一位在鲁地挺有名的叫朱家的侠客。季布就按照当时的规矩，削去了头发，穿上粗布的短褂，做了奴仆。周家带了几十个奴仆，坐着大车，到了鲁地，把季布卖给朱家。朱家心里早已明白周家卖给他的那个奴隶准是季布，可是他只当作不知道，只管叫季布到地里去干活儿，还嘱咐他儿子，说："庄稼活儿听这个奴隶管，吃饭跟他一块儿吃。"朱家嘱咐完了，自己就去了洛阳。

朱家到洛阳去见滕公夏侯婴。夏侯婴知道朱家是鲁地顶出名的豪强，不敢得罪他，就挺殷勤地跟他喝酒谈心，做了朋友。有一天，朱家问夏侯婴，说："季布到底犯了什么大罪，皇上要这么雷厉风行地捉拿他？"夏侯婴说："季布三番五次地追杀过皇上，皇上把他恨透了，所以一定要拿住他。"朱家又问："您看季布是个怎样的人？""是个好人。""对呀！他是项羽的臣下，替主人尽力，那是他分内之事。项家的臣下杀得光吗？现在皇上刚得了天下，

却连一个人都不肯放过，这不得让天下人都觉着皇上的器量不够大吗？再说，像季布这么有才能的人，皇上这么急急地捉拿他，那他只能要么往北边去投奔胡人（指匈奴），要么就往南边去投奔越国。逼着有才能的壮士去帮助敌国，这对刚登基的皇上又有什么好处呢？您何不找机会跟皇上说说？"夏侯婴明白季布准是躲在他家里，便答应了朱家去向汉高祖说情。

汉高祖依了夏侯婴，免了季布的罪，拜他为郎中。人们都说季布贪生怕死，没有什么了不起的。可是朱家救了季布，却根本不跟他见面，倒是个热心人。

季布做了大官，季布的异父兄弟丁公得到了这个消息，急急忙忙地去求见汉高祖。原来季布从小死了父亲，季布的母亲再嫁给丁家，生了丁公。丁公是西楚的将军，曾经在彭城西边追上汉王刘邦，经刘邦恳求，把他放了。丁公恐怕汉高祖忘恩负义，以怨报德，一直不敢露面。现在他听说追杀过汉高祖的季布都做了大官，心想：我对汉高祖有过这么大的恩德，还怕汉高祖不好好报答自己吗？

丁公到了洛阳，见了汉高祖，趴在地上，等着汉高祖亲自去扶他起来。汉高祖想起了自己说过的话："丁公，我是逃不了啦。可是，您是位好汉，我也是好汉，

好汉眼里识好汉，何必彼此迫害呢？您要是高抬贵手，我绝忘不了您。"

这些事情汉高祖都没有忘记，可是现在他做了皇帝，绝不能让他的臣下吃里爬外。他要借着丁公去劝诫所有的臣下。于是，他突然变了脸，大声嚷嚷着骂丁公，他对大臣们说："丁公做了项家的臣下，不忠。使项羽失天下的就是他，快把他砍了！"

武士们就把丁公推出去杀了。汉高祖又说："我斩了丁公，好叫后世做臣下的别学他的样儿。"大臣们吓得你看看我、我看看你，谁也不敢出声。汉高祖杀了丁公，立了威风，警告他的大臣们要忠于主人，一辈子都得听他的指挥。

走胡走越

《史记·季布栾布列传》中有载："且以季布之贤而汉求之急如此，此不北走胡即南走越耳。"

季布原来属于项羽一派，刘邦登基后想除掉季布。侠客朱家却说："以季布的才能，不是投靠北边的胡人，就是向南去越国。"胡和越都是当时汉朝的敌方。朱家认为，如果一味地因原来的恩怨逼杀有才能的人，会致使他走向敌方阵营，对自己没什么好处。

后来，人们用走胡走越来形容智能之士被迫逃亡，为敌国所用的情况。

duō duō yì shàn

多多益善

公元前 201 年，有人来给汉高祖报信，说："项羽的大将钟离眜躲在下邳（pī），由楚王韩信收留着。"汉高祖听到这个消息，急得心惊肉跳。他一向担心韩信本领太大，不容易对付；又害怕钟离眜重整旗鼓，出来替项羽报仇。现在他最害怕的两个人联合起来，就如同老虎长了翅膀，那可比项羽还要厉害呢！他得想办法对付他们。

汉高祖知道韩信不是好惹的。他一面下了诏书，叫他捉拿钟离眜，一面派人去探听韩信的动静。探子到了下邳，正看见韩信带着三五千人马耀武扬威地出来，又打听到韩信为了给他母亲修坟，占了别人的土地。钟离眜是不是在他那里，可没法知道。

探子回来把这些情况报告给了汉高祖，还说韩信的确有造反的嫌疑。汉高祖问了问周勃、樊哙、灌婴，他们都摩拳擦掌地争着要去征伐韩信。汉高祖跟陈平商议，说："韩信觉得自己功劳大，早就盘踞着齐地，自立为王。我把他改封为楚王，他心里很不服气。这会儿窝藏着钟离昧，进进出出带着军队，这不是要造反吗？我打算前去征伐，你们看怎么样？"

陈平说："不行！韩信不比别的将军，要是他真造起反来，没有人能敌得过他。不用点计策，没法儿逮住他。皇上不如假装巡游云梦，让诸侯们到陈城来朝见。陈城靠近下邳，韩信不能不来。他一到，叫武士把他拿住，他一个人就好对付了。"

汉高祖采用陈平的计策，假装巡游云梦，打发使者去通知诸侯到陈城会齐。英布、彭越他们都来迎接汉高祖，这可把韩信难住了。他不想造反，可又不敢去见汉高祖。有人对他说："只要大王杀了钟离昧，把他的脑袋献给皇上，皇上准会喜欢，到时候你还怕什么呢？"

韩信和钟离昧原本是朋友，钟离昧才来投奔他。韩信既然已经把他收留下来，怎么还能杀他呢？可是有人说他造反，汉高祖已经怀疑他了。不把钟离昧献出去，又怎么去得了汉高祖的心病？

韩信左思右想，想不出更好的办法来。他只好去跟钟离昧商量，对他说："皇上知道您在我这儿，所以才到了陈城。咱们这么下去，不但我不能免罪，对您也没有好处。"钟离昧说："大王错了。汉帝之所以不敢进攻楚地，是因为有我在这儿帮着大王。我今天一死，大王必定随着灭亡。"韩信说："可我又有什么办法呢？"钟离昧骂韩信没有情义，接着叹了一口气，自杀了。

　　韩信捧着钟离昧的人头去朝见汉高祖。汉高祖责备他，说："你窝藏钟离昧这么多日子，到今天事情已经败露了，才来见我，可见你并不是出于真心。"韩信还想辩解几句，早已被武士们绑住了。他大声嚷着说："冤枉啊！"汉高祖数落他，说："你侵占民田埋葬父母，

这是一项大罪；你进进出出，带着军队，扰乱地方，这是两项大罪；你窝藏敌人，有意作乱，这是三项大罪。你犯了这三项大罪，还有什么冤枉？"

韩信说："皇上责备的三件事，我都有分解。我从小贫穷，父母死了，只能临时埋在别人家地里。现在蒙皇上封我为楚王，我就该好好地安葬父母。邻近的土地可能多圈了一点，但却不是我有意侵占；进进出出带着军队是因为皇上刚得了天下，楚地还躲藏着一些作乱的人，不示威不足以镇压乱党，安抚百姓；钟离眜跟我素来有交情。我在楚营的时候，霸王曾经要杀我，全靠钟离眜救了我。我不敢忘恩负义，才把他收留下来，正在劝他归顺皇上，替皇上效力。这会儿皇上听了小人的毁谤，我为了表白自己的心迹，不得已才把他杀了。我对皇上始终是忠诚的，皇上这么怀疑我，我怎么能不喊冤枉呢？"

汉高祖没有说话，可最终他还是把韩信装上了囚车。韩信叹了口气，说："古人说得对，'飞鸟尽，良弓藏；狡兔死，走狗烹；敌国破，谋臣亡'。现在天下已定，我就该死了。"

汉高祖把韩信带到洛阳。他要让天下人知道他并不是一个刻薄的皇帝，就一面准备惩办韩信，一面下令大赦天下。

大赦天下是件好事。大夫田肯向汉高祖道贺，他说："皇上得到了韩信，收复了三秦。收复了三秦，等于得到了天下的一大半。接着您又收复了齐地，齐地两千多里都是好地方。三秦和齐地两个地方太重要了，我提议，除了嫡亲的子弟以外，皇上千万不可把这两个地方封给别人！"汉高祖笑着说："对，这种好地方只能封给自己的子弟。"说完，他赏了田肯五百斤黄金。

汉高祖多机灵啊！不把三秦和齐地封给外人，这真是个好主意。可田肯只是为了这件事来的吗？三秦和齐地

可都是韩信打下来的，田肯话里话外不是在替韩信说情吗？汉高祖是"哑巴吃饺子"，心里有数。再说韩信毕竟还没造反呢，把他拿来办罪，也会引起大臣们的议论。他就免了韩信的罪，对他说："你是开国元勋，我不忍心办你的罪；可是别人的话，我也不能不管。这样吧，我封你为淮阴侯，跟着我到朝廷里去办事，好不好？"虽然淮阴侯比楚王降了一级，可是究竟比绑着砍头强得多。韩信拜谢了汉高祖，跟着他去了长安。

韩信虽说不敢谋反，可是他始终认为自己的功劳大，本领高，别人他都不放在眼里。他老是告病假不去上朝，冷眼瞧着周勃、樊哙、灌婴他们人前一张脸，背后一张脸，就更不愿意跟他们一块儿上朝了。

有一回，韩信从樊哙的门口经过，樊哙看见了，一定要请他去家里坐坐。韩信不好意思拒绝，只好进去。樊哙接待韩信殷勤得不能再殷勤，客气得不能再客气。他说："大王肯光临敝舍，臣下我真是感到万分荣幸。"樊哙开口大王，闭口大王，称自己是韩信的臣下。韩信听着，浑身起了鸡皮疙瘩，一万个瞧不起他，坐了一会儿就出来了。樊哙跪着送他，韩信出了大门，自己笑自己，说："我真丢人，还真跟樊哙他们一起共事，哼！"

韩信瞧不起这些人倒也罢了，他还在汉高祖跟前说大话。有一天，汉高祖想跟他随便聊聊各位将军的才能。汉高祖说各人有各人的长处，也有短处，又说哪位将军怎么打胜仗，哪位将军能带多少兵。汉高祖是想知道韩信对他是不是已经口服心服。要是韩信能够了解到汉高祖说这些话的用意，那就好了。可是他聪明一世，糊涂一时，认为只是随便聊聊，便把自命不凡的情绪流露出来了。

汉高祖说："你看我，能带多少兵？"韩信说："皇上不过能带十万。""那你呢？""我是越多越好！"汉高祖笑着说："越多越好，怎么被我逮住了呢？"韩信觉察到自己说走了嘴，连忙见风转舵。他回答说："皇上不能带士兵，可是善于带将军，所以我被皇上逮住了。再说皇上是上天注定的，不是人的力量能及得上的。"汉高祖明白直到现在韩信还认为他自己挺了不起的。

多多益善

《史记·淮阴侯列传》中有记载："上（刘邦）曰：'于君何如？'（韩信）曰：'臣多多益善耳。'"

益，是更加的意思；善，是好的意思。这个成语的意思是越多越好。在韩信心中，带兵打仗做将军，自己是胜过任何人的。汉高祖能带区区十万兵马，而自己却是越多越好，没有上限。他的高傲自大，在汉高祖心中埋下了不满的种子。

gōng gǒu gōng rén

功狗功人

　　汉高祖免了楚王韩信的罪，改封他为淮阴侯。后来，汉高祖把楚地分为淮东淮西两大区。淮东称为荆地，淮西仍旧称为楚地。他封堂哥刘贾为荆王，兄弟刘交为楚王。齐地有七十三个县，他封自己的大儿子刘肥为齐王，拜曹参为齐相；封他二哥刘喜为代王。这四个王称为同姓王。

　　不是同姓的王封了七个，分别是：淮南王英布、梁王彭越、韩王信、赵王张敖、燕王卢绾、长沙王吴芮（ruì）、闽越王无诸。

　　"王"以下就是"侯"。帮着汉高祖打天下的这许多将军天天争论着自己的功劳怎么怎么大，不封他们是不行的。汉高祖就决定大封功臣。

汉高祖挑选了一批功臣，把他们封为列侯。那时候天下还没安定下来，城里的人大部分都逃散了。那些重要的城邑，因为遭到战争的灾害比别的地方大，户口就更少了，十户人家经过这次持续了八九年的战争也就只剩下两三户了。因此，列侯们分到的户口并不多，大的侯也不过一万户人家，小的侯只分到五六百户。大小诸侯都拿地名作为封号，例如萧何的封地是酂县（酂 zàn），他就称为酂侯。在这些受封的功臣当中，最出名的有这些人：

酂侯萧何、淮阴侯韩信、平阳侯曹参、绛侯（绛 jiàng）周勃、汝阴侯夏侯婴、舞阳侯樊哙、颍阴侯灌婴（颍 yǐng）、户牖侯陈平（牖 yǒu）、安国侯王陵、曲周侯郦商、堂邑侯陈婴、阳夏侯陈豨、辟阳侯审食其。

在汉高祖看来，萧何的功劳最大，所以封了他八千户。对待张良可又不同了。他一直像尊敬老师那样尊敬着张良。因此，他请张良自己挑三万户作为他的封地，张良可不要这个。他说："我在留城见到皇上，蒙皇上信任，这是上天把我交给了皇上。如果皇上一定要封我，那么有个留城就够了，三万户绝不敢当。"汉高祖就封张良为留侯。

以前没受封的时候，将军们互相争功，封了以后，

丞相萧何

萧何，西汉初年丞相。早年在沛县任狱吏，后辅佐刘邦起义，刘邦攻破咸阳后，其他将士们都去争夺金银财宝，他却接收了秦丞相、御史府所藏的律令、图书，掌握了全国的山川险要、郡县户口，对日后制定政策和取得楚汉战争胜利以及稳固汉王朝统治起了重要作用。

他们又有了意见。他们说："我们的功劳是冲锋陷阵，不顾死活，拼着性命换来的。多的打了一百来次仗，少的也打了几十次。萧何并没立过汗马功劳，仅仅仗着一支笔、一张嘴，写几个字，说几句话，地位反倒比我们高，凭什么呀？"汉高祖听了，觉得这帮大老粗实在好笑。跟他们讲大道理是讲不通的，汉高祖也就粗里粗气地打个比方对他们说："诸君见过打猎吗？追赶野兽，把它们逮来的是狗，指挥狗的是人。诸君只能够逮野兽，都是'功狗'；萧何却能指挥你们去追野兽，他是'功人'。'功狗'怎么能跟'功人'比呢？"这批将军听了汉高祖的话，只好乖乖地夹着尾巴不出声了。

汉高祖的父亲太公听到许多有功劳的臣下都封了侯，刘贾、刘喜、刘交、刘肥还封了王，可是单单没封

到刘伯的儿子刘信。他对汉高祖说："皇上大概忘了自己的侄儿刘信了吧。"汉高祖说："忘不了，他母亲曾经怎么待我，我更忘不了。"

原来从前刘邦不干活儿，专靠父亲和两个哥哥养活，大家都有意见，就分了家。分家以后，刘邦老到他哥哥刘伯家里去蹭饭吃。亲兄弟来吃顿饭也没什么大不了的，可是后来他哥哥刘伯死了，嫂子对他就越来越冷淡。再说刘邦还老是带着许多朋友一块儿来吃吃喝喝，他嫂子就更加讨厌他了。

有一天，已经过了吃饭的时间，刘邦又带着几个朋友来了。他嫂子不理他们，故意在厨房里嘎吱嘎吱地刮着锅底，好让刘邦知道羹汤早已吃完了。朋友们听到主人刮锅底的声音，只好饿着肚子走了，刘邦送朋友出了门，回到厨房里一瞧，嗬，热腾腾的一锅饭还没开吃呢！这事儿，汉高祖一直记在心里。为了这个，他才不封他侄儿刘信。

太公说："看在你死去哥哥的面子上吧，再说你侄儿可不错。"汉高祖还是不答应。太公说了好几次，末了，汉高祖总算答应封刘信为侯，可是给了他一个挺特别的封号，叫什么"刮羹侯"。这个名儿是不太好听，可是刘信又能把汉高祖怎么样呢？要怪也只能怪他母亲。

汉高祖连自己的侄儿都舍不得封，别人就更不必说了。他已经封了大大小小那么多的诸侯，这是无可奈何的事情，于是他就想用剜肉补疮的办法来补救一下。他老觉得韩王信是个能打仗的人才，封给他的土地也正是天下出精兵的地方。能打仗的人统治了出精兵的地方，那可不大放心。他就把太原郡称为韩国，把晋阳作为都城，叫韩王信搬到晋阳去。太原郡跟匈奴近，韩王信在那边还可以防御匈奴，真是一举两得的好计策。韩王信当然不敢不同意，可他有个要求，他央告着说："可不可以让我把都城迁到马邑去？"汉高祖答应了，韩王信就住在马邑镇守着北方。

汉高祖当初跟霸王争夺天下的时候，只恨将军太少；这会儿他们都想封侯，反倒又觉得将军太多。没受封的将军还真不少，他们的牢骚也就跟着来了。

有一天，汉高祖从宫殿上望出去，看见远处有一群人正坐在沙滩上交头接耳，好像在商量着什么，他不由得犯了疑心。再仔细一瞧，还都是武官，他的疑心就更大了。汉高祖马上叫张良进去，把刚才看见的情形告诉了他，问他："他们在干什么？"张良好像早已想好了怎么回答似的，他说："他们聚在一块儿商量着造反！"汉高祖吓了一大跳，说："啊？天下已经平定了，他们干吗要谋反呢？"张良说："皇上由平民起兵，靠着这帮人得了天下。现在您做了皇帝，封的都是一向要好的人，杀的都是生平痛恨的人，有功劳的将士还多着呢，哪儿有这么多的地方封给他们？他们没受封已经够沮丧的了，再加上怕皇上追查他们的过失，给个罪名，一个一个地收拾他们。他们认为不能不防备这一招儿，只好背地里商量着造反。"

汉高祖着急地问："那怎么办？请先生快替我出个主意。"张良说："大家都知道的，皇上一向最恨的是谁？"汉高祖说："我最恨的是雍齿。当初我起兵，刚打下了丰乡，叫他守在那儿，他无缘无故地投降了魏国，跑到项羽那边去，逼迫过我多少次。后来他来归顺我，那时候我正需要人，只好把他收下。我早就想杀他，可是他到了这儿又立过不少功劳，我也不便再算旧账，只是我每回见了他，老觉得像眼皮里夹着粒沙子似的那么不舒服。"张良说："快封他为侯，其他人就能安心了。"

汉高祖虽然痛恨雍齿，可是张良的话他是百依百顺的。他就召集了大臣们，举行了一个宴会。在宴会上封雍齿为什方侯。文武百官这一次酒喝得挺痛快。他们说："雍齿都封了侯，我们还怕什么呢？"汉高祖觉得这件事情做得真划算，心里不由得高兴起来。

功狗功人

这个典故出自《史记·萧相国世家》："高帝曰：'夫猎，追杀兽兔者狗也，而发踪指示兽处者人也。今诸君徒能得走兽耳，功狗也。至如萧何，发踪指示，功人也。'"

在这个典故里，汉高祖用打猎做比喻，认为冲锋陷阵的将军们是命令的执行者，是"功狗"。萧何则是谋划者、下令人，是"功人"。因此，萧何的功劳比其他人都大。

后来，功狗功人被用来比喻有功劳的谋臣和武将。

míng dí shì fù

鸣镝弑父

汉高祖只顾着加强中原的统治，却忽略了边境上的防备，他派自己不太信任的韩王信去镇守接近匈奴的马邑。这会儿匈奴的首领冒顿单于（冒顿 mò dú）带领着四十多万人马进攻中原，包围马邑的就有一二十万人，韩王信立刻派使者向汉高祖求救，可是远水救不了近火，就算立刻发兵一时也赶不到。韩王信就想用个缓兵之计，派人去跟冒顿单于讲和。讲和还没成功，风声已经传了出去。汉高祖立刻派人去责备韩王信。韩王信害怕汉高祖比害怕冒顿单于还厉害。他干脆把马邑献给了匈奴，自己做了冒顿手下的大将。这可把汉高祖气坏了，他亲自率领着三十多万大军去攻打韩王信和匈奴。

　　冒顿原来是匈奴的首领头曼单于的太子。头曼单于爱上了一个美人儿，立她为阏氏（yān zhī，就是皇后的意思）。阏氏生了个儿子，头曼单于就打算废去太子冒顿，要把小儿子立为太子。他采用借刀杀人的办法，派太子冒顿到月氏（yuè zhī，部族名）去做抵押，接着就发兵进攻月氏。月氏王当然要杀冒顿。冒顿偷了一匹快马，一个人逃回来了。头曼单于知道冒顿有胆量，就让他做了将军，带领一万人马。

　　冒顿忘不了他父亲借刀杀人的仇恨，又怕太子的地位保不住，就加紧操练，积蓄实力。他发明了一种箭，射出去能发出很大的声音，叫作"响箭"。他下了一道命令：他射了响箭，其余的人都得向同一目标射去，凡不射的，一律砍头。有一次他用响箭射自己的一匹快马，有几个手下人不敢动手，他就把他们杀了。又有一次，他拿响箭射自己最宠爱的女人，又有几个人不敢动手，他又把他们杀了。过了几天，他拿响箭射头曼单于的一匹快马，手下人全都跟着他射那匹马。冒顿知道他的手下已经完全听他指挥了。

　　公元前209年的一天，冒顿跟随父亲头曼单于一块儿打猎，他用响箭射头曼，他的手下人一齐都射向头曼。冒顿接着杀了他的后妈和小兄弟，自己做了单于。那时候，东胡挺强，东胡王听说冒顿杀了父亲，自立为单于，就派使者来，要头曼的一匹千里马。冒顿问大臣们怎么办。他们说："千里马是匈奴的宝贝，咱们不能给。"冒顿说："为了结交邻国，难道我舍不得一匹马吗？"他就把千里马送给了东胡。

东胡王又派使者来要冒顿的阏氏。冒顿又问大臣们怎么办。大臣们火儿了，他们说："东胡太过分了，这回非给他们一点厉害尝尝不可。"冒顿说："为了结交邻国，难道我舍不得一个女人吗？"他又把阏氏送给了东胡。

东胡王这才知道冒顿不敢得罪他。他一面往西边侵犯过来，一面派使者来要求冒顿把东胡和匈奴之间的一块土地割让给东胡。他说："这块土地对匈奴一点儿用处也没有，你们从来不到这儿来，请让给我们吧。"冒顿又问大臣们怎么办。他们说："那地方对咱们来说可有可无，给他们也行。"这下冒顿可火儿了。他说："什么话！土地是国家的根本，一寸也不能让给东胡！"他立刻带领着大队人马往东打过去。东胡王小看了冒顿，没做任何准备。他突然看见匈奴的大队人马打过来，手忙脚乱，没法抵抗。冒顿单于杀了东胡王，灭了东胡，东胡人和牲口一股脑儿全都归了匈奴。那时候，汉王和

楚王正忙于战争，谁也不去抵抗匈奴。匈奴趁着这个机会，又往西往南大大扩张了势力。

公元前 200 年，冒顿单于带领四十多万人马，分头往南占领了马邑，一直到了太原，围住晋阳。冒顿单于又利用投降匈奴的中原将士韩王信、曼邱臣、王黄、赵利等进攻别的城邑。汉高祖这才亲自出马去跟匈奴对敌。

那年冬天，下了大雪，天气特别冷。中原的士兵没碰到过这么冷的北方天气，又没有防寒的装备，十个人当中竟有两三个人冻得掉下手指头来。按说，中原的军队在这种情况下，准得打败仗。可恰恰相反，他们接连赢了几仗，听说连冒顿单于也离开晋阳，逃到代谷去了。

汉高祖进了晋阳，有人向他报告说前队兵马节节胜利，建议大举进攻。他是打仗的行家，不肯轻举妄动，就先后派了十个使者去侦察冒顿部下的情况。十个使者一个个回来，不约而同地报告："冒顿部下大多都是老弱残兵，连他们的马都挺瘦的。咱们赶快追上去，准打胜仗。"汉高祖就亲自带领着一队骑兵从晋阳出发。可是他处处小心，生怕那些使者的报告不可靠，他还特意派奉春君刘敬去匈奴营里跟冒顿谈判，实际上是再去

林汉达成语故事

隐身西汉的成语

侦察一次。

刘敬回来，说："我看到的情况跟那十个使者报告的一样，匈奴都是老弱残兵。不过这当中准有鬼。如果

刘 敬

刘敬，原名娄敬，最初是刘邦军中一个推车的兵士，后为刘邦办了几件大事，被封侯，赐"刘"姓。

刘邦取得楚汉之争胜利，刘敬建议他定都具有地势和自然优势的关中；他在刘邦率兵亲征匈奴时，劝谏谨慎发兵，恐有阴谋；为了休养生息，他提出了与匈奴和亲的政策；为了稳固大汉江山，他又建议迁六国旧贵族到关中，既可加快关中经济的发展，又可防备北部边患。

刘敬审时度势，提出各种正确的政策，为西汉政权的建设做出了重要贡献。

匈奴的兵马真是这个样子的，怎么敢来侵犯中原？我认为冒顿单于一定把精兵藏了起来，故意拿些老弱残兵摆个样儿让咱们去看。皇上千万不可上他的当。"汉高祖开口大骂，说："你小子竟敢胡说八道地阻拦我进攻！"

他命人把刘敬拿下，送到监狱里去，准备打了胜仗，回来再收拾他。

汉高祖唯恐慢了一步，把冒顿放跑了，就带着自己的一队骑兵急急地先追了上去。步兵不能跑得这么快，只好落在后头。汉高祖的一队人马刚到平城，突然听见四处都响起了呼哨，匈奴兵好像蚂蚁似的从四面八方围了上来。汉高祖赶紧下令对敌，可是这点儿兵马

能顶什么事？匈奴兵个个人强马壮，哪儿有一个老弱残兵？哪儿有一匹瘦马？汉高祖一见汉兵抵挡不住，平地上又没法躲藏，立刻下令去占领东北角上的一个山头。他们拼了命杀出一条出路，退到白登山去。汉高祖毕竟机灵，占领了白登山，守住山口要道。一夫当关，万夫莫开，不管匈奴的兵马多厉害，一时也没法打上来。

汉兵三十多万，虽然都掉了队，只要半天或者一天工夫，也能赶得上来。会齐了三十多万的中原大军，还怕打不过匈奴吗？哪知道冒顿单于早已把四十多万兵马布置成了一个天罗地网。他只用几万人围住白登山，其余的兵马分头在路口上埋伏着，截击汉兵。汉兵根本没法子过来解围，白登山上的汉军就这么不折不扣地变成了孤军。

白登山上的汉军困守了几天，内无粮草，外无救兵，看来都得死在山上了。到了第四天，陈平看见山下一男一女骑着马来回指挥着匈奴兵，他挺纳闷儿，怎么军营里还有女人？一打听，才知道是冒顿单于和阏氏两口子。他猛一下从阏氏身上想出一条计策来。他和汉高祖一商量，汉高祖叫他赶快去办。

第二天，陈平打发一个使者带着黄金、珠宝和一张画去见阏氏。使者一路行贿，买通了匈奴的小兵，请他们想办法带他去见阏氏。"有钱能使鬼推磨"，使者见了阏氏，献上礼物，说："这是中原皇帝送给匈奴皇后的。中原皇帝情愿同匈奴大王和好，所以送礼物给匈奴皇后，请您帮忙。"

阏氏见了这么多黄澄澄的金子、亮闪闪的珍珠，心里挺高兴，照单全收。还有一张画，她展开来一瞧，皱着眉头问："这张女人图有什么用呢？"使者说："中原皇帝担心匈奴大王不肯退兵，打算把中原第一大美人献给大王。"阏氏摇晃着脑袋，说："这用不着。拿回去吧！我请单于退兵就是了。"使者卷起画，谢过阏氏回去了。

当天晚上，阏氏对冒顿说："听说全中原的兵马像山一样压下来了。咱们不能在这儿等死，还是早点儿回去吧。匈奴灭不了中原，中原灭不了匈奴，还不如做个人情，叫他们多送些礼物来。这儿没有大草原，不能放羊、牧马。再说我在这儿水土不服，老像害着病似的。"阏氏一边说，一边手指头直揉太阳穴。

冒顿说："我也正怀疑，他们被围在山上这么久，怎么就不慌呢？好像在安安静静地等着什么似的。再说韩王信、曼邱臣、王黄、赵利他们到现在也没回来，这些中原将士兴许是诈降，跟汉兵通了气。要是他们内外夹攻，咱们腹背受敌，那可就糟了。"冒顿和阏氏商量完，决定送个人情，将来好向中原皇帝多要些东西。第二天一早，冒顿下令撤开一角，放汉兵出去。

这一头，汉高祖等使者的回复，一夜没睡好。天一亮，他往山下一瞧，果然匈奴兵撤开了一角。陈平不放心，叫弓箭手拉满了弓朝向两旁，保护着汉高祖慢慢地下了山。匈奴兵看他们下来，也不去拦阻，弓箭手也没发箭。汉高祖提心吊胆地走出了包围圈，这才快马加鞭，一口气逃到了广武。

汉高祖被围困了七天，总算出了虎口。他定了定神，首先把刘敬放出来，向他赔不是，说："我没听你的话，差点儿就见不到你了。"他加封刘敬为关内侯，把那十个劝他进攻的使者全都斩了。可是韩王信投降了匈奴，眼下也没有力量再去征伐他们了。汉高祖只好乘兴而来，败兴而归了。

鸣镝弑父

这是一个有名的历史事件。鸣，是响的意思；镝，是箭的意思。冒顿用响箭训练身边的兵士箭出必随，不听命令、有所顾忌的人会被杀死。冒顿试验了四次，终于让兵士们令出必行，用这个办法杀死了头曼单于。

jī quǎn xīn fēng
鸡犬新丰

　　汉高祖登基后，把自己的老父亲，也就是太公，从丰乡接到了栎阳（栎 yuè）的长乐宫，做了太上皇。

　　太公为汉高祖可是吃过不少苦头。当年刘邦项羽争霸，他和儿媳吕雉曾被项羽擒去，在楚营里提心吊胆地做了两年人质。后来，节节败退的项羽为了逼刘邦就范，竟把太公绑在杀猪的案板上推到了两军阵前，还当着众人的面威胁说要把他煮了。幸亏项伯苦苦相劝，太公才幸免于难。

　　当太上皇看起来很风光，但是太公却有他自己的烦恼。太公是农民出身，他始终喜欢过农民的生活。汉高祖做了皇帝，尊他为太上皇，请他住在长乐宫。他很不乐意，天天想念着老家那些多年来一起干活儿的老哥们儿，连最富丽堂皇的未央宫，他也没到过几次。越是金碧辉煌的宫殿，他越不爱住。长乐宫在栎阳，原来是秦朝的兴乐宫，略略修理了一下，作为汉高祖临时的宫殿，改名为长乐宫。太公可不愿意住在长乐宫里，他老念叨着要回到老家丰乡去。栎阳离丰乡多远哪，汉高祖怎么能让太公一个人回去呢？

　　汉高祖有的是办法，他吩咐当时最有本领的工匠胡宽在骊邑造了一个新丰乡，房屋、街道、菜园、豆棚什么都模仿着丰乡原本的样子造。造好了以后又把太公熟悉的那些老街坊都接到骊邑来住，他甚至还命人把丰乡的鸡、狗、猪都接到了骊邑。就这样，骊邑变成了第二个丰乡。新丰乡和旧丰乡的样子简直一模一样。据说，那些从丰乡运来的狗、羊、猪、鸡什么的，放在街道上，它们竟都认识道儿，都能自己回家。太公住在这儿，就像住在丰乡一样，左邻右舍都是老朋友，不但喝酒、聊天有了伴儿，而且还能浇浇菜、锄锄草，他这才高兴了。有时候汉高祖派人接他到栎阳去玩儿上几天，可是他总觉得住在栎阳的长乐宫里还不如住在"丰乡"的庄园里舒服。

　　栎阳的长乐宫在太公看来已经是极其高大了，可是在那些诸侯王看来，长乐宫只能算得上皇帝的行宫，

要作为正式的宫殿，未免还太简陋些。萧何修理长乐宫原本也是作为行宫用的，所以他早已在咸阳正式造了一座未央宫。

中国古代帝王的宫殿

为了体现皇权的至高无上与核心统治，中国古代宫殿建筑采取严格的中轴对称的布局方式：中轴线上高大华丽，轴线两侧相对简单。宫殿左前方设祖庙供帝王祭拜祖先，右前方设社稷坛供帝王祭祀土地神和粮食神，这种格局被称为"左祖右社"。古代宫殿建筑物自身也被分为两部分，即"前朝后寝"，"前朝"是帝王上朝治政、举行大典之处，"后寝"则是皇帝与后妃们居住生活的地方。

未央宫虽说比不上阿房宫，可是已经够壮丽的了。就因为未央宫的规模太大了，汉高祖曾经责备过萧何。他说："天下还没安定，老百姓劳苦了这么些年，我们成功不成功还不敢确定，你怎么就这么耗费人力、财力，把宫殿造得这么壮丽呢？"萧何分辩说："正是因为天下还没安定，不修个壮丽的宫殿，不能显示天子的

威严。"汉高祖虽然责备了萧何，可是宫殿已经修得差不多了，也就算了。等到未央宫完了工，他就迁都到咸阳，把咸阳改名为长安。

诸侯王都到长安来庆贺，汉高祖就在未央宫里举行了一个盛大的宴会，给太上皇祝寿。汉高祖、诸侯王都向太上皇敬酒。大伙儿都乐开了，汉高祖尤其得意。他喝多了，说话随随便便，又变得和年轻时候一样了。他说："从前大人们老说我是个无赖，没出息，不如二哥那么会种庄稼。现在我的事业跟二哥的比一比，怎么样？"太公笑了，他点着头，说："好，都好。"大臣们高呼"万岁"，接着太公和汉高祖乐得跟什么似的。

太公回到新丰乡后，不到一年，就病了，还病得挺厉害。汉高祖把他接到栎阳来，没有多少日子太公就死在了长乐宫里。汉高祖下令大赦栎阳的囚犯，又把骊邑改名叫作新丰。

鸡犬新丰

　　这个典故出自晋人葛洪《西京杂记》卷二："高祖乃作新丰，移诸故人实之，太上皇乃悦。"

　　汉高祖按照家乡的样子，为太上皇在骊邑建造了一座新丰乡。把家乡的街坊邻居都接来，太上皇才喜笑颜开。

　　后来，这个典故用来表示异乡像家乡一样让人感觉亲切熟悉。

林汉达成语故事

隐身西汉的成语

zhōng shì zhī huò

钟室之祸

　　汉高祖的父亲太公安葬那天，诸侯王们都来送殡，唯独镇守代地的代相陈豨（xī）没来。陈豨和淮阴侯韩信素来很有交情。上回汉高祖叫陈豨去镇守代地，他临走的时候，曾经到韩信那儿去辞行。代地接近匈奴，陈豨有点儿委屈，免不了在韩信面前发些牢骚。韩信拉着他的手，两人在月光下小声谈了好一会儿。

　　陈豨到了代地，开始结交当地的豪强，积蓄自己的力量。他一向羡慕魏公子信陵君好客的派头，也收了不少门客。有一次，他路过赵国，跟随着的门客就有一千多人，邯郸街道上都挤满了车马。赵相周昌听到陈豨路过邯郸，马上出去迎接，见他带着这么多人马，就起了疑。太上皇出殡的时候，周昌暗地里提醒汉高祖，让他提防着陈豨。

汉高祖派人去调查，只查出陈豨的门客确实有些不法的勾当，可还没看出有什么谋反的举动。汉高祖叫陈豨到长安来，他又不来。那几个投降了匈奴的汉朝将军知道了陈豨和汉高祖有了嫌隙，就暗地里跟他联络起来。那些受了汉高祖压制的商人们纷纷去投奔陈豨。陈豨有了内外的帮助，胆儿更大了，他自称为代王，夺取了赵、代不少城邑。汉高祖决定亲自发兵去征伐陈豨。

汉高祖到了邯郸，担心兵马不够，就向梁王彭越和淮南王英布调兵。他俩都不愿意发兵，说是病了，不能来。

汉高祖有苦说不出，只好就地招募。

　　汉高祖一面发出通告，号召赵、代的官员和老百姓及早反正，他可以既往不咎；一面吩咐赵相周昌招募赵地的壮士，有能耐的就拜为将军。招募了许多天，却只挑出了四个人可以凑合着带兵。汉高祖就拜他们为将军，还封给他们每人一千户。果然，这样一来，从军的人数一下子增加了不少。

　　汉高祖又探听到陈豨的将军们大多是商人出身。他就拿出大量的黄金把他们一个个地收买过来。一切布置停当，他才亲自率领着大将周勃、王陵、樊哙、灌婴等人分头进攻。没有多少日子，汉军就杀了那几个投降匈奴的将军，平定了代地。陈豨一败涂地，逃到匈奴去了。汉高祖嘱咐周勃留在那儿防备着陈豨，自己回了洛阳。

　　汉高祖回了洛阳，才知道吕后已经把淮阴侯韩信杀了。原来，汉高祖发兵去征伐陈豨的时候，想要带韩信一块儿去。韩信不愿意，告了病假，待在家里。正当大将周勃和陈豨交战的时候，有人向吕后告发韩信，说他谋反。原来韩信的一个门客得罪了韩信，韩信要杀他。那个门客的兄弟就向吕后告发，说陈豨临走前曾到韩信那儿去辞行。韩信曾对陈豨说："代地人马强壮，是个出精兵的好地方，如果有人说你叛变，皇上肯定会发火。他一发火，必然会亲自去跟你对敌，而我就在这儿接应你。你去了那边可得好好儿地积蓄实力。"

吕后听了，急得跟什么似的，连忙跟丞相萧何商量。他们商量完，立刻打发一个心腹扮作士兵，偷偷地往北边去，再大模大样地从北边回到长安来，说是皇上派他来的，那人假意说："陈豨已经被杀，赵、代也平定了，皇上快回来了。"

大臣们得到了这个消息，一个接着一个地都到宫里来贺喜，只有韩信"有病"没来。萧何亲自去看韩信，劝他进宫，免得被人家议论。韩信认为有萧何陪他去，想必不至于出什么岔子。他就跟着萧何到长乐钟室（挂钟的屋子）去拜见吕后。韩信刚一进门，就被埋伏在那里的武士们拿住了。

吕后骂着说："你为什么跟陈豨串通，做他的内应？"韩信当然不承认。吕后冷笑着，说："皇上已经送信来了，陈豨供出是你主使的，你还敢抵赖！"当时她就命人把韩信推出去砍了。韩信临死前望着天，长叹一声，说："当初我不听谋士蒯彻（蒯 kuǎi）的话，现在后悔也晚了，真是天数！"

飞鸟尽，良弓藏；狡兔死，走狗烹；
敌国灭，谋臣亡

　　范增七十岁反秦，他向项梁提出了立楚王
的策略，依靠楚国的力量抗秦。

　　范增是项羽的主要谋士，被项羽尊为"亚
父"。在项羽入关之后，他多次劝说项羽灭掉
刘邦，均未被采纳。后在鸿门宴上多次示意项
羽杀掉刘邦，终未获成功。后被刘邦用计离间，
致使范增被项羽猜忌，于是范增辞官归里，病
死途中。

　　有人说是吕后把韩信的"十大功劳"一笔勾销；也
有人说这是因为韩信自认为劳苦功高，不肯一心一意地
伺候皇上，"十大功劳"是他自己勾销的。可是灭了韩
信的三族，未免太过分。当初月下追韩信，竭力推荐他
做了大将，帮他成功的是萧何，今天杀了韩信，灭了他
三族的也是萧何，真是"成也萧何，败也萧何"。

　　汉高祖到了长安，问吕后："他临死有什么话没
有？"吕后告诉他韩信后悔没听谋士蒯彻的话。汉高
祖当时就命人把蒯彻拿来办罪。蒯彻被押解到长安，
汉高祖亲自审问他："你撺掇淮阴侯谋反吗？"蒯彻说：

"是呀！我原来劝他自立为王，三分天下。可惜韩信这小子不听我的话。要不然，怎么会弄得灭门呢？"汉高祖火儿了，要杀他。

蒯彻说："秦国丢了一只鹿，天下人都抢着去逮，谁逮住，就是谁的。那时候，天下的人并不是皇上的臣下，并没有什么君臣的分别。我只知道韩信，不知道皇上，这能怪我吗？就是到了今天，暗地里想做皇帝的人也不是没有，皇上能把他们都斩尽杀绝吗？要是皇上因为我过去忠于主人就把我杀了，您就用这个去劝化自己的臣下吗？"

汉高祖笑了笑，对左右说："他倒是个忠臣。"他就免了蒯彻的罪，还封他做官。蒯彻央告着说："我哪儿有脸再做官？请皇上看在韩信过去的功劳上，仍旧封他为楚王，赏给他一块坟地，这就是皇上的大恩了。"

汉高祖答应了，吩咐蒯彻按照安葬楚王的礼节把韩信的尸首葬在了淮阴。

汉高祖能够释放蒯彻，却不能不追查梁王彭越。当初让他一块儿去征伐陈豨，他不去，说是病了。害病也不能这么巧哇，刚好就跟韩信同时害了病。汉高祖派人去责备他，要他马上来朝见。胳膊拗不过大腿，彭越只好来认错。汉高祖因为查不出彭越谋反的真凭实据来，再说刚杀了韩信，也不好意思再杀大臣，就从轻发落，免了他的死罪，把他罚做平民，让他搬到蜀地青衣县去住。

彭越只好满心委屈地去了，走到半道儿，恰巧碰到吕后从长安来。吕后问他是怎么回事。彭越流着眼泪，口口声声地说是冤枉。他苦苦地央求吕后替他说情，希望让他住在本乡昌邑。吕后答应了他，彭越真是遇到了救星，千恩万谢地跟着她回来了。

吕后到了洛阳，对汉高祖说："彭越可是会带兵打仗的，您怎么能把他送到蜀地去？我把他带回来了。"汉高祖说："你带他回来干吗？"吕后挺了挺腰，说："要办他就办个透。不用他，又留着他，这是给自己找麻烦。"她又数落彭越谋反的罪状，说得汉高祖不能不依，就把梁王彭越杀了，还灭了他的三族。

　　为了警告那些三心二意的诸侯，汉高祖命人把彭越的尸首剁成碎块，煮成肉酱，分送给各地的诸侯，让他们都尝尝"割据地盘"的滋味。

钟室之祸

　　这个成语故事出自《史记·淮阴侯列传》。

　　楚汉相争期间，韩信立下了许多汗马功劳，但功高盖主，太过骄傲。汉高祖登基后，吕后找机会将他杀死了。埋伏击杀韩信的屋子里挂着一口钟，因此这件事被称为钟室之祸。

　　后来，人们用这个成语来形容功臣遭忌恨被杀。

白马盟誓

bái　mǎ　méng　shì

彭越的肉酱送到淮南王英布那儿，英布知道汉高祖在收拾完韩信、彭越之后，第三个就要轮到他了。他想莫不如来个先下手为强，发兵叛变。他对将士们说："汉帝已经老了，他不能亲自出战。从前的大将中只有韩信和彭越最有能耐，可如今他们都被汉帝害死了。别的将军都不是咱们的对手。只要咱们同心协力，夺取天下易如反掌。"将士们个个摩拳擦掌，要夺取汉高祖的天下。

警报传到了长安，汉高祖身子不舒坦，就准备派太子盈率领大军去征伐英布。太子盈的四个门客担心太子打不过善于用兵的英布，去了凶多吉少，便怎么也不让他去。吕后更是整日在汉高祖面前哭哭啼啼，汉高祖恨恨地说："这小子就这么没出息，还得要老子亲自跑一趟。"

商山四皓

故事中提到的太子盈的四个门客即是"商山四皓"，他们是秦朝末年四位信奉黄老之学的博士，分别是东园公唐秉、角里先生（角lù）周术、绮里季吴实、夏黄公崔广。四人隐居于商山，汉高祖尊重他们，曾三番五次派人去请，均遭到拒绝。

后来，汉高祖有意废太子刘盈，改立戚夫人的儿子赵王如意为太子。吕后采取张良的建议，请"商山四皓"出山辅佐太子，汉高祖见了这四人，竟真的打消了废太子的想法。后人常用"商山四皓"来泛指有名望的隐士。

汉高祖亲自率领大军去讨伐叛军。等他到了阵前一看，英布的军队十分整齐，一切阵法都跟项羽很像，他心里非常不安。他问英布："我封你做王，你何苦还要造反？"英布说："你不是也被项羽封过王吗？怎么又做了皇帝呢？"汉高祖一听，火冒三丈。他亲自指挥将士，拼了命地杀过去。英布那边的箭好像成群的蝗虫似的直飞过来，汉高祖躲闪不及，胸口上中了一箭。幸亏铠甲挺厚，那支箭只进到肉里一寸左右，他受了伤，火气更大了，使劲地指挥将士们往前冲。将士们不顾死活，冲破了英布的队伍，把淮南兵杀得七零八落，四散逃跑。汉军接连又追杀了几阵，英布只好带着一千来人往江南那边逃去。

英布逃到江南，正好他的小舅子长沙王吴臣派人送信来，请他去长沙避难。英布当然挺欢喜。他到了鄱阳，天已经黑了，他就在驿舍里过夜。哪儿知道驿舍里早就

埋伏好了长沙王吴臣派来的几个武士。到了半夜里，英布正打着呼噜的时候，就被他们暗杀了。

按下葫芦起来瓢，刚解决完英布，汉高祖又接到警报，他最亲信的燕王卢绾（wǎn）造反了。卢绾跟汉高祖刘邦都是丰乡人，他们两人的父亲关系很好，可巧两个孩子又是同一天生日，同一天上学，又从小一起长大。于是，汉高祖跟卢绾一向挺亲热，连萧何、曹参都比不上。等到燕王臧荼造反，汉高祖明知道卢绾的才能差些，自己不好意思偏向着他，就暗地里叫大臣们推荐卢绾，立了他为燕王。

燕国接近匈奴，有人劝卢绾跟匈奴联合起来，保卫燕国。汉高祖得到了这个消息，不愿意发兵去征伐，只派个使者去请卢绾回朝。说句公道话，卢绾是不愿意投降匈奴的，可也不敢回长安去。他推说有病，一时不便动身。汉高祖就打发辟阳侯审食其和御史大夫赵尧到燕国去问候，再劝卢绾回去。

卢绾不跟他们相见，他对燕国的大臣们说："当初分封诸王，不是姓刘的共有七国，到了今天只剩下了我和长沙王吴臣两个，其余全没了。皇上待我恩重如山，可是吕后阴险刻薄，我不能不防备。当年韩信、彭越都死在她手里，现在皇上正病得厉害，吕后一定会自作主张。我要是回去，准会遭到她的毒手。等皇上恢复了健康，我再亲自去赔不是，也许能够保全性命。"

有人把他的话转告了审食其和赵尧。赵尧不说话，心里有点儿同情卢绾。审食其是吕后的人，当然偏向着吕后。他回去以后，就添枝加叶地说卢绾确实谋反了。

汉高祖一听卢绾果真谋反，火儿更大了，那胸脯上的伤口又冒出脓血来。他吩咐樊哙带领大军去征伐，接着改立皇子刘建为燕王。卢绾并不是真要造反，这会儿却也被逼得无路可走，只好带着几千人马驻扎在长城下面，还想等汉高祖病好了，再回到长安去谢罪。

汉高祖越是生气，病得就越厉害。吕后不让太子盈去征伐英布，害得他中了一箭。现在伤口发作，汉高祖病得起不来，心里更加痛恨吕后和太子，有时候娘儿俩进来问病，还被他给骂了出去。有个下人偷偷对汉高祖说："樊哙跟吕后串通一气，要等皇上百年之后，杀害戚夫人和您的儿子赵王如意，皇上不能不提防。"

汉高祖早就觉得吕后老是自作主张，不成体统。现在她又跟妹夫樊哙串通起来，情况就更严重了。他立刻叫陈平和周勃进来，对他俩说："樊哙跟吕后他们结成一党，巴不得我早点儿死。你们赶快去燕国，一到军营，立刻把樊哙斩首。"他担心他们不敢杀樊哙，就又吩咐

陈平尽快把樊哙的脑袋拿来，让他亲自验过。最后他又嘱咐说："快去快回，不得有误。"

陈平、周勃立刻动身去斩樊哙。在路上，陈平对周勃说："樊哙是皇上的自家人，是吕后妹妹吕须的丈夫，功劳又大，地位这么高的皇亲国戚，咱们可不能自己动手斩他。这会儿皇上在气头上要斩他，万一他后悔了，怎么办？再说皇上病得这么厉害，咱们斩了吕后的妹夫，将来她能放过咱们吗？"周勃说："难道咱们能抗命，把他放了吗？"陈平说："放是不能放的。咱们不如把他上了囚车，送到长安去，让皇上自己去办吧。"周勃认为这是个好主意，他们商量妥当，就这么办。

陈平还没回来，汉高祖又在那儿生气了。他的脾气也真怪，病了，却不愿意请大夫看。他见吕后又带着一个大夫进来，就骂着说："我平民出身，手提三尺剑，得了天下，这是天命所归，现在病成这个样子，也只能听天由命。你们给我出去！我有要紧的事和大臣们商量。"吕后和大夫只好出去。

这时，汉高祖担心的不是他自己的病，而是他的天下。他仔细一想，光杀了樊哙，并不能削弱吕后的势力。因此，他召集大臣要他们起誓立约。

大臣们到了他跟前，汉高祖吩咐手下人宰了一匹白

马，跟大臣们歃血为盟（歃 shà）。大伙儿依照汉高祖的话，起誓说："从今以后，非刘氏不得封王，非功臣不得封侯。违背这个盟约的，天下共同征伐他！"大臣们宣了誓，汉高祖这才放了心。吕氏一族功劳再大，也只能封侯，不能做王了。

这么布置好了以后，汉高祖才叫吕后进去，嘱咐后事。吕后问他："皇上百年之后，萧相国要是死了，谁做相国呢？"汉高祖说："曹参可以。""曹参以后呢？""王陵也可以，可是王陵有点鲁莽，陈平可以帮助他。陈平倒是够机灵的了，可是不能单独干事。周勃为人厚道，办事慎重，可是没有文墨。尽管这样，将来安定刘家天下的还是他，可以做太尉。"吕后又问："再以后谁还可以做相国呢？"汉高祖说："以后的事也不是你能够知道的了。"

公元前 195 年 4 月，汉高祖死在长乐宫。他四十八岁起兵，五十五岁做了皇帝，在位八年，死的时候六十三岁。

白马盟誓

对汉高祖白马盟誓的记载可见于《史记·吕太后本纪》："高帝刑白马盟曰：'非刘氏而王，天下共击之'……"

汉高祖死后不久，吕后要立自己家的亲戚为王，右丞相王陵说："高祖曾经与诸位大臣立下白马之盟，约定非刘氏子孙称王，天下群起攻之。"以此来反对吕后的企图。

白马盟誓是古代订立盟约的一种方式，立誓时杀掉一匹白马，立誓者将马血抹在嘴上，以示绝不会违背誓约。汉高祖与群臣的白马盟誓是为了巩固刘氏皇族的政权。

xiāo guī cáo suí

萧规曹随

汉高祖死后，太子盈即位，就是汉惠帝，他尊吕后为皇太后。汉高祖一死，吕后的权力更大了。她先是免去了妹夫樊哙的罪，让他官复原职，又害死了汉高祖的宠妃戚夫人和她的儿子赵王如意。

汉惠帝登基的第二年，齐王刘肥来朝见汉惠帝。刘肥年龄比汉惠帝大几岁，汉惠帝把他当作亲哥哥看待，吕后嘴里敷衍他几句，心里可挺不乐意。妃子生的刘肥怎么能跟她的儿子称兄道弟呢？宴会的时候，汉惠帝请太后坐上位，请这位哥哥坐在第二位，自己坐在下位。齐王刘肥也不客气，就这么坐下了。这可把吕后气坏了。

大家喝酒的时候，吕后背地里嘱咐心腹斟了两杯毒酒递给她，她叫齐王刘肥向她上寿。齐王刘肥拿起一杯奉给吕后，自己拿了另一杯。吕后推说自己酒量小，叫齐王刘肥替她喝下去。刘肥挺爽气，准备把两杯酒全都自己干了。汉惠帝马上拿起另一杯来，跟哥哥一起给太后上寿。这可把吕太后急坏了，她连忙从汉惠帝手里夺过那杯酒来，倒在地上。齐王刘肥怪纳闷儿的，也不敢再喝了。他假装喝醉了酒，告辞出来。

齐王刘肥买通了宫里的下人，才知道吕太后成心要害他。他怕没法离开长安，一个随从的臣下献计，对他说："吕后只生了皇上和鲁元公主。这两个人是她的命根子。现在大王的封地有七十多座城，鲁元公主可只有几座城。要是大王把一个郡奉给吕后，请她转送给鲁元公主，吕后一定喜欢，大王就不必担心了。"齐王刘肥就把城阳郡献给鲁元公主。吕后果然高兴，带着汉惠帝挺客气地送走了齐王刘肥。

汉惠帝送走了哥哥刘肥，又联想到被自己母亲害死的赵王如意和戚夫人，更觉得做皇帝太没有意思了，真希望早点儿离开这个世界。可他到底是个年轻小伙，一下子还不至于死去。那个年老的相国萧何却病得只剩一口气了。汉惠帝亲自去看他，还问他将来请谁代替他。萧何说："谁能像皇上那样了解臣下呢？"汉惠帝就问："曹参怎么样？"萧何说："皇上的主见错不了。"萧何和曹参原来都是沛县的官吏，本来彼此很好，后来曹参带兵，打了不少胜仗，立了大功，可是他得到的爵位和赏赐反倒比不上萧何，心里挺不痛快。两个人就没那么好了。这会儿汉惠帝提到曹参，萧何总算顾全大局，没有反对。

曹 参

曹参，与汉高祖刘邦同是沛县人，秦朝时曾在萧何的手下担任沛县狱吏。后跟随刘邦在沛县起兵反秦，屡建战功。刘邦称帝后，封平阳侯，地位仅次于萧何。萧何死后，他继任汉朝丞相，他深知自己能力不如萧何，便遵循萧何所指定的政策治理国家，留下了"萧规曹随"的佳话。

萧何一死，曹参做了相国。他原来是个将军，汉高祖拜他为齐相去帮助长子刘肥。那时候，他到了齐国，不知道应该怎么办，就召集了齐地的父老和儒生一百多人问他们怎么样才能够治理好百姓。这些人差不多每人有一个说法，而且大多都是夸夸其谈，不合实际，弄得曹参无所适从。

后来曹参打听到胶西有一个盖公，人家都说他德高望重，可就是不愿意出来做官。曹参挺诚恳地把他请来。盖公是研究黄老之学的，主要的理论是：在上的清静无为，在下的自然会安定。曹参依了他的话，不准长官去打扰老百姓，他就这么管理齐国九年，齐地七十多座城果然都挺安静，大伙儿都称他为贤明的丞相。那时候，刚经历大乱之后的老百姓都希望过几年太平日子，只要做官的不做坏事，不去打扰他们，他们就够造化的了。

这会儿曹参代替萧何做了相国，仍旧遵守"在上的清静无为，在下的自然安定"的信条，什么都不变动，什么都不过问，让官吏们一切都按照前相国的章程办理。虽说什么都不过问，可他不喜欢那些油腔滑调、舞文弄墨或者沽名钓誉、好高骛远的官员。他挑了几个年岁大的、忠厚老实的人做他的帮手，老跟他们在一块儿喝酒、聊天。朝廷上的事他什么也不管。有几个大臣很替新相国着急，也有去向他献计策的，可是他们一到那儿，曹参就请他们喝酒，一杯接着一杯地把他们灌醉才算完事。要是有人在他跟前提起朝廷大事，他就叫他先喝酒，然后用别的话岔开，弄得别人没法再开口。他们只好喝醉了酒，糊里糊涂地回去。

　　汉惠帝还以为曹参天天喝酒是瞧不起他，不愿意替他好好地治理国家，心里挺不踏实。恰巧曹参的儿子大夫曹窋（zhú）过来。汉惠帝嘱咐他说："你回家替我问问你父亲：高皇帝归了天，皇上年纪又轻，在这个紧要关头，国家大事全靠相国主持。您天天喝酒，什么也不管，这么下去，怎么能安抚天下呢？看你父亲怎么回答，然后你来告诉我。你可别说是我叫你这么问的。"

　　曹窋回到家，就跟他父亲照样说了一遍。曹参一听儿子的话，火儿可就上来了，他骂着说："你小子懂什么？

还敢在我面前耍嘴皮子！"说着，拿起板子来把他打了一顿。打完把他赶了出去，还说以后不准他回家。

曹窋受了责打，垂头丧气地回到宫里，向汉惠帝直诉委屈。汉惠帝更加纳闷儿了。第二天，他私下里问曹参："相国为什么责备曹窋？他说的话就是我的意思，是我叫他去劝相国的。"曹参立刻摘去帽子，趴在地上，连连磕头，认了错。

汉惠帝叫他起来，说："相国有什么话，请直说吧。"曹参说："请问皇上，您跟先帝比较，哪一位英明？"汉惠帝说："我哪儿比得上先帝？"曹参又说："我跟萧相国比较，皇上看哪一位贤明？"汉惠帝微微一笑，说："好像不如萧相国。"曹参说："是呀，皇上的话完全正确。皇上不如先帝，我又不如萧相国，那么，先帝和萧相国平定了天下，制定了规章，咱们只要继承下去就是了，难道还能超过他们吗？"

汉惠帝是个老实人，他听了曹参的话只好说："噢，我明白了。请相国别介意。"虽然汉惠帝实在不明白光喝酒怎么能叫国家太平、人民安乐，可是当时不少人都认为"萧规曹随"这样的办法确实挺不错。

萧规曹随

汉人扬雄的《解嘲》中说："夫萧规曹随，留侯画策，陈平出奇，功若泰山。"

萧是指萧何，曹是指曹参。萧何制定的政策，曹参继任后依然执行。

后来，这个成语用来比喻前人的遗志被后人沿袭。

chuí lián tīng zhèng
垂帘听政

　　相国曹参天天喝酒，不管朝政。汉惠帝病病歪歪，也不管朝政。因此，朝廷大权实际都落在了吕后手中。可是一个妇女管理朝廷，先不说管得好不好，当时的阻力是很大的，人家总觉得不对劲儿，连匈奴的冒顿（mò dú）单于也瞧不起汉朝了。

　　汉高祖采取和亲政策，把匈奴作为亲戚看待，几年来总算相安无事。等到汉高祖一死，冒顿单于就想试探试探汉朝的态度。他写了一封很没礼貌的信给吕后，说："你死了男人，我死了老婆，两个人都孤单得很。我愿意把我所有的换取你所没有的，双方彼此都能称心如意。"

　　吕后一看气得直喘，立刻召集文武百官到宫里来商议。她说："匈奴太过分了，我想先杀了他们的使者，再发兵去征伐。你们看怎么样？"樊哙说："给我十万兵马，定可以打败匈奴。"季布可没有这份胆量，可是他又不想让人家说他胆小。他就大声说："樊哙这么狂妄，应当砍头！从前匈奴在平城围住先帝，那时候汉兵三十二万，樊哙是上将军，还不能解围。现在他只要十万人马就能打败匈奴，这是当面欺骗太后。匈奴本就不懂什么礼貌，说了一句得罪太后的话，太后犯不着这么生气。"

曹参、王陵、周勃、陈平等人也觉得匈奴厉害，都说还是和好的好，最后连樊哙也不再言语了。吕后只好说："算了，还是和好吧。"她就写了一封挺客气的回信，还送给冒顿单于一些车马。冒顿单于见了回信，也认为和亲对他有好处，就又打发使者来向汉朝认错，要求和亲，还回送了几匹好马来。吕后就挑了宗室的一个女儿嫁给冒顿单于。这样，匈奴同汉朝又和好了。

北边同匈奴和好了，南边也不能不防备。在同匈奴和亲的那一年（汉惠帝三年），汉惠帝立在东海一带很有势力的闽君驺摇（驺zōu）为东海王，以东瓯（瓯ōu）为都城，所以也称为东瓯王。

北边同匈奴和亲，南边立驺摇为东海王，这是汉惠帝三年的两件大事，都是吕后出的主意。汉惠帝十七岁即位，到了这一年已经二十岁了。他可还没正式结婚。老百姓的子弟到了这个年龄也该娶媳妇儿了，怎么做了皇帝反倒还没结婚呢？

原来汉惠帝的姐姐鲁元公主生了个女儿，吕后打算把她配给汉惠帝。可惜小姑娘太小，一时不能成亲，吕后只好让汉惠帝等着。到了汉惠帝四年，他的未婚妻也有十几岁了，虽然还太年轻，那可不管了，这么着，吕后就让汉惠帝成了亲，还立小娃娃张氏为皇后。

汉惠帝结婚那一年，做了几件大事。第一件是叫各郡县推举优秀的老百姓；第二件是大赦天下；第三件是废去秦朝私藏诗书灭门的法令。在之后两年里面，几个重要的大臣：相国曹参、舞阳侯樊哙、留侯张良都先后死了。又过了一年，汉惠帝也死了。

吕后只有这么一个儿子，年轻轻地死了，可她却没流眼泪。右丞相王陵、左丞相陈平、太尉周勃等大臣们都挺纳闷儿。张良的儿子张辟强也在宫里做事，他去见左丞相陈平，对他说："皇上驾崩，太后因为没有孙子，唯恐大臣们另有打算，所以她伤心得连哭都哭不出来。你说，她能轻易放过你们吗？依我看，不如请太后立刻拜她的两个侄儿吕台和吕产为将军，统领军队，保卫长安和宫殿，再推荐吕家的人做大官，太后准能喜欢，你们也就不至于遭受祸患了。"

　　陈平机灵，心想这个美差可不能被别人抢了去。他马上进宫去见吕后，请她拜吕台、吕产为大将，分别统领南军和北军。这两支军队原来都是由太尉周勃统领的，这会儿吕后完全依了陈平的话，把这两支军队交给自己的侄儿去管。抓住了兵权，就不再怕大臣们造反了。吕后一放心，就一把鼻涕一把泪地哭起儿子来了。

　　汉惠帝没有儿子，吕后早已准备好了。她叫张皇后垫高了肚子，假装受了孕，又偷偷地把别人家的婴儿弄到宫里来，算是张皇后生的。她怕将来婴儿的母亲泄露秘密，就把她杀了。因为少帝刘恭还是个婴儿，不能统治天下，吕后名正言顺地替他临朝，主持朝政。

中国历史上最著名的垂帘听政

垂帘听政，指太后临朝管理国家政事。清朝末年，垂帘听政制度发展到了鼎盛时期。慈禧太后的垂帘听政，在历史上最为著名。慈禧是中国封建社会最后一位执政女主。"戊戌变法"失败后，光绪被囚，老慈禧第三次临朝听政，她前后共掌握清代朝政达 47 年之久。随着清王朝的覆灭，延续了两千余年的垂帘听政制度也就寿终正寝了。

吕后为了巩固自己的政权，就在朝廷上提出要立吕家的人为王，问大臣们可不可以。右丞相王陵是个直筒子，愣头磕脑地说："高帝宰了白马，大臣们都宣过誓：非刘氏不得封王！"陈平和周勃替吕后找出非刘氏可以封王的

道理来，他们说："高祖平定天下，分封自己的子弟为王，这当然是对的；现在太后临朝，分封自己的子弟为王，也没有什么不可以。"吕太后点了点头，没说话，可也没封吕家的人为王。

散朝以后，王陵批评陈平和周勃，说："当初在先帝跟前宣誓，你们不是都在场吗？你们拿起誓当儿戏，一个劲儿地奉承吕后，怎么对得起先帝呢？"陈平和周勃说："当面在朝廷上争论，我们比不上您，将来保全刘氏，您可比不上我们。"

王陵只是冷笑着。可是冷笑有什么用？吕后不让他做丞相，叫他去做婴儿少帝的老师。王陵托病告了长假，吕后也不去为难他，准他退休。她就拜陈平为右丞相，审食其为左丞相。陈平从那时起，老是喝酒，审食其只管宫殿里的事。因此，实际上就没有一个丞相管理朝廷大事了。

吕后做事是有步骤的，她分封吕家的人也不能一下子就干。她先把早已过世的父亲吕公和大哥吕泽封了王。果然，没有人反对她去封死人。这两个王既然是姓吕的，那么以后再封别的姓吕的就不足为奇了。在吕太后临朝的八年中，她的内侄和内侄孙先后封王的有五位，连吕太后的妹妹吕须（樊哙的妻子）也被封为临光侯。

这么多吕家的人都封了王、封了侯，刘家和刘家的大臣们怎么能服气呢？吕后早就想到了这一层，她也封了不少姓刘的人。少帝到了五六岁的时候，有一天，他挺天真地说："太后杀了我的母亲，等我长大了，一定要报仇！"吕后怕以后出麻烦，就把他杀了，立恒山王刘义为皇帝。

第二年，吕后害了重病。临终她立吕产为相国，吕禄的女儿为皇后，吕禄为上将军。她命吕禄统领北军，吕产统领南军，嘱咐他们，说："我死了以后，大臣们也许趁着丧事作乱，你们必须带领军队保卫宫廷，千万不要出去送殡，免得遭到别人的暗算。"说完，她就咽了气。

垂帘听政

早在战国时期，垂帘听政的形式就已经出现。通常，君主年幼时，皇后或者皇太后会代为处理政事。但在古代，宫廷女子是不能接触外臣的，所以就在皇后或者太后听政的偏室前垂下帘子，"垂帘听政"这个成语就诞生了。

后来，人们常用垂帘听政来代指后宫女性临朝管理国家政事。

汗流浃背
hàn liú jiā bèi

　　吕后死后，她的侄子吕产、吕禄统领着南军和北军，严密地保卫着宫廷和京城，连吕后下葬的时候，他们都不出去。大臣们不免怀疑起来，这样下去，刘家的天下岂不要变成吕家的天下了吗？

　　大臣刘章、周勃、陈平他们想了个办法，郦商的儿子郦寄跟吕禄是好朋友，他们便让郦寄去劝说吕禄，交出了兵权。南军和北军的士兵们也都愿意帮助刘家、反对吕家。随后，刘章杀了吕产，周勃杀了吕禄，灭了吕氏一族。他们说："从前吕后所立的少帝和现在的皇上都不是先帝的亲骨肉。这些冒充的皇子将来长大了，还不是吕氏一党吗？我们不如斩草除根，再从刘氏诸王中挑选一个最贤明的，立他为皇帝。"

可是立谁呢？丞相陈平和太尉周勃认为代王刘恒其母薄氏出身低微，没有强势的背景，比较容易控制，要是帮助他登基，功劳可就大了，将来自己的地位必定可靠。他们就冠冕堂皇地说："代王是高帝的亲儿子，年龄最大，谁都知道他品格高、有能耐。他的母亲薄氏素来小心谨慎，从来不过问朝政。立代王为皇帝是最合适的了。"大臣们一见最拿事的陈平和周勃都这么主张，就都同意了，当即就打发使者去迎接代王刘恒回来即位。

　　使者到了代地，向代王刘恒报告了大臣们公推他即位的事，请他马上动身。代王刘恒不敢轻易答应，他召集大臣们商议一下。郎中令张武说："朝廷上的大臣都是高帝手下的将军和谋士。他们大多不甘心老老实实地做臣下，因为害怕高帝和太后，才不敢为非作歹。现在吕后过世，京城里闹得鸡犬

不宁，谁都想做皇帝，偏偏要到咱们这偏僻的边疆上来
迎接大王，谁也不知道他们打的什么主意。大王不如推
说有病，探听探听京城里的动静再说。"

中尉宋昌说："张武只知其一，不知其二。大王可
以放心回去，保准没有事。残暴的秦皇失了天下，诸侯
豪杰一窝蜂似的起兵，谁都想做皇帝。末了，高帝统一
了天下，以后谁再起兵都没成功。这是为什么呢？吕太
后这么专制，吕氏家族这么威风，可是刘章、周勃一号
召，士兵们都愿意为刘家效忠。这又是为什么呢？还不
是因为天下厌乱，老百姓想过几年太平日子吗？就算是
有的大臣再要作乱，老百姓不肯听从他们，他们也没法
发动起来。现在，高帝的儿子只剩下淮南王刘长和大王
两个人了。大王居长，又是人心所向，所以大臣们不得
不听从大伙儿的意见来迎接大王，大王不必多心。"

代王觉得宋昌的话很有道理，可是他素来谨慎，就
向母亲薄氏请示。薄氏吃过许多苦头，老怕活不下去。
幸亏汉高祖和吕后不把她放在心里，把她送到接近匈奴
的边疆上来，因此才没遭到吕后的毒手。她是惊弓之鸟、
漏网之鱼，怎么也不肯轻易让她儿子去冒险。娘儿俩商
量了半天，决定先打发薄氏的兄弟薄昭到长安去见太尉
周勃。周勃老老实实地把大臣们要迎接代王的意思告诉

了他。

薄昭回来向代王报告，说："大臣们真心迎接大王，大王不必再怀疑了。"代王对宋昌说："你说得对，咱们走吧。"当时就准备车马。代王只带着宋昌、张武等六个随从人员到长安去了。他们到了位于长安北三里的渭桥，大臣们都跪着拜见代王。代王下了车，向他们回拜。

太尉周勃想格外献个殷勤，他向前抢了一步，单独对代王说："请左右暂退，我有话奉告。"宋昌在旁边一本正经地说："要是太尉说的是公事，公事公办，请公开说吧；要是太尉说的是私事，做王的大公无私！"太尉周勃给宋昌这么一说，不由得脸上直发烧。他跪在代王跟前，拿出皇帝的大印来，双手奉给代王，心里美美地一笑，想：代王还能不感激我，给我记个头功吗？想不到代王推辞说："到了公馆（**诸王在京城都有自己的公馆，这是汉朝的制度**）再商议吧。"周勃只好手忙脚乱地把大印收起来，请代王上车，自己领道，一直到了代王公馆。

大臣们都跟着进了公馆。代王朝西坐下（**正位是朝南的，代王在自己的公馆里以主人的地位把大臣们当作贵宾，所以不坐正位**），丞相陈平、太尉周勃、

朱虚侯刘章，还有别的主要的大臣一齐趴在地上，请求代王即位。

代王接连推让了三次。他们七手八脚地把代王扶上了正位，请他朝南坐下。代王又推让了两次。陈平、周勃他们不让他再推让。他们说："我们已经很郑重地商议了几次了，大家都认为只有大王最适合。请大王以天下为重，不要再推辞了。"

周勃就捧着皇帝的大印，一定要代王接受。代王说："既然大家决意推定我，我也不好过于执拗，希望各位同心协力，共保汉室。"大臣们就尊代王为天子，也就是汉文帝。

当天晚上，汉文帝就拜宋昌为卫将军，统领南北军；张武为郎中令，管理宫殿。汉文帝除了宋昌、张武以外，还有舅舅薄昭算是自己人。他手下就是这么几个人。他知道自己确实没有势力，君位并不巩固。论辈分，楚王刘交是他叔父；论地位，齐王刘襄是高祖的嫡长孙；就是兄弟刘长当初所封的淮南也比代地重要得多。他这么前思后想地一合计，要保持君位，治理天下，只能虚心地尊重先帝的大臣，再就是减少老百姓的痛苦，对他们多多让步来换取他们的拥护。他连夜下了诏书，大赦天下。

汉文帝尊他母亲薄氏为皇太后，拜陈平为左丞相，周勃为右丞相，灌婴为太尉，齐王刘襄、朱虚侯刘章等也都论功行赏，加了俸禄。右丞相是朝廷上最高的官衔。周勃认为自己功劳最大，地位最高，他的那股子得意劲儿就不用提了。他仰着脑袋，个儿也好像高了一截。汉文帝对他很恭敬，每回散朝，老是拿眼睛送他，直到他出去，才肯坐下。

周勃两度封相

汉文帝即位，周勃立下了汗马功劳。汉文帝因此命周勃为右丞相，赐黄金五千斤，食邑一万户。但他自恃功高，得意忘形。不久后，发生了故事中提到的"汗流浃背"事件，周勃辞去右丞相之位。过了一年多，丞相陈平去世，汉文帝又召回周勃，任命他为丞相。十个多月后，汉文帝说："前日我诏令列侯，让他们回到自己的封国去，有的人还没有动身，丞相您是我所器重的人，请您率先到封国去吧。"周勃于是又被免去丞相职务，前往封国。其他诸侯一见，纷纷效仿。

周勃的两度封相，体现出了汉文帝高超的政治智慧。

郎中袁盎（àng）见了这种情形，挺担心。他问汉文帝："皇上如何看周丞相？"汉文帝说："是一位忠臣。"袁盎说："我看他只能算是一个功臣，算不上忠臣。不顾自己的性命，一心一意跟君王同生死的，才是忠臣。当初吕后专权，刘氏危急万分，周丞相身为太尉，掌握着兵权，不敢挺身出来，挽回当时的局面，反倒违背了高帝的盟约，附和吕后封吕氏为王。等到吕后死了，大臣们起来征讨吕氏，周丞相运气好，成功了，却也没有什么了不起的。现在皇上即位，拜他为右丞相，他本应该小心谨慎、虚心待人才是。可是他反倒在皇上面前得意忘形、目中无人。难道忠臣就是这个样子吗？我怕皇上对他越恭敬，他就越骄傲。"

汉文帝听了，点点头。以后他对周勃还是挺恭敬的，可是恭敬之中又带着严肃。周勃才开始有点怕汉文帝了。

有一天，大臣们上朝，汉文帝问右丞相周勃，说："全国一年当中关在监狱里面的囚犯有多少？"周勃耷拉着脑袋，回答说："不知道。"汉文帝又问："一年当中收进的和支出的钱粮各有多少？"周勃又说："不知道。"他急得脊梁上和头发里直冒汗。

汉文帝回头又问左丞相陈平。陈平比周勃机灵多了，他说："这些事都有主管的人。皇上要知道监狱的情况，可以问廷尉；要知道钱粮的收支，可以问治粟内史。"

汉文帝说："既然一切事情都有主管的人，那么，你们管的是什么呢？"陈平的嘴是最会说话的。他说："丞相主要的职司是：上，帮助天子调理阴阳，顺从四时；下，适应万物；外，镇抚四方；内，爱护百姓，使文武百官各守职责。"汉文帝听了连连点头。

周勃自己觉得才能不如陈平，就交还相印，告老还乡了。汉文帝趁着机会废除了左右丞相的制度，让陈平一个人做了丞相。汉文帝在一年的时间里面就把天下治理得井井有条，老百姓也都安居乐业。

汗流浃背

　　这个成语出自《史记·陈丞相世家》："勃又谢不知，汗出沾背，愧不能对。"

　　浃是湿透的意思。周勃当上右丞相后骄傲跋扈，不知谦逊收敛，汉文帝借查问天下事来敲打他。汉文帝问的问题周勃都答不上来，当时就又羞又愧又害怕，急出一身汗，连后背衣衫都湿透了。

　　后来，人们用汗流浃背这个成语来形容人满身大汗的样子，也常用来形容人因为非常羞愧、恐惧而冷汗满身的样子。

qián　chē　zhī　jiàn

前 车 之 鉴

　　汉文帝认为治理国家必须要重视文教，于是到处搜罗人才。他听说洛阳人贾谊熟读诗书，挺有才能，就封他为博士。

　　贾谊是个年轻小伙子，只有二十几岁，可是比朝廷上的那帮老大臣都强。汉文帝每次起草诏书的时候，叫大臣们来商议，那帮老先生就知道点头哈腰地说好，却提不出什么意见来。贾谊没有这么深的人情世故，他想到什么就说什么，而且说的都很有道理。因此，汉文帝很看重他，才一年工夫就把他升为大中大夫。

　　汉文帝重视贾谊，不但因为他有才能，而且因为他肯说话。有一次，贾谊在奏章中引用了夏、商、周三代都统治了几百年，而秦朝只传了两代的历史事实，劝说汉文帝效仿夏、商、周三代的做法，改进政治措施，努力治理国家。他引用当时的谚语说：前车覆，后车戒。意思是说，前面的车子翻了，后头的车就要小心了，避免再发生类似的错误。接着他又说：秦代灭亡的车迹我们已经看到了，如果不以此为戒，我们也会走上灭亡的道路。治理国家一定要施行仁政，安抚百姓。

公元前 178 年，贾谊又上了一个奏章，请汉文帝提倡生产，厉行节约。大意为：

管仲曾经说过，"贮藏粮食的仓库满了，才能够讲究礼节；吃穿富足，才能够谈得上什么是光荣、什么是耻辱"。老百姓连饭都吃不上，要说能把天下治理得好，自古以来都没听说过。古时候治理天下的，着重节俭和积蓄，就是这个道理。现在，奢侈的习气越来越厉害。生产的人少，消耗的人多，天下的财物自然就缺少了。

要知道积蓄是天下的命根子。如果粮食多了，财物富裕了，什么事情不好办呢？因此，朝廷应当劝老百姓好好儿地种庄稼，使天下的人都能自食其力，好吃懒做的游民都该转到农村里去。只要多生产、多节约、多积蓄，老百姓就能安居乐业，天下自然就太平了。

汉文帝完全同意贾谊的话。他在春耕之前下了诏书，劝老百姓多生产粮食。他还亲自率领大臣们下地，做个耕种的榜样。另外他还规定：农民缺少五谷种子或者没有口粮的，由各县借给他们。各地的长官不得不下乡，进行农贷，劝告农民及时耕作。老百姓得到了帮助，又听到了汉文帝亲自耕种的消息，男男女女干活儿的劲头就更大了。土地是不辜负人的，农民多用力气，它就多生产粮食。那年秋天，各地获得了普遍的丰收。汉文帝为了鼓励农耕，就又下了一道命令，说：

粮食是天下的根本，所以我亲自率领臣下劝人民着重耕种。今年农民格外勤劳，可喜可嘉，准予免去天下农民今年田租的一半。

汉高祖原来规定的田租是十五税一，现在只收半租，也就是三十税一，这确实是最轻的租税了。老百姓因为获得了丰收，又免了一半的田租，一个个都眉开眼笑。

汉文帝一向看重贾谊，可是朝廷上一帮大臣见他比

自己强，不断有人排挤他。汉文帝就把他送到长沙去做
长沙王的太傅（皇子的师傅）。贾谊听说长沙地区潮湿，
长住在那边怕活不长，心里很不情愿。渡过湘水的时候，
他想起屈原的遭遇，就写了一篇赋吊唁他。到了长沙，
他还是闷闷不乐。

贾谊与成语"草菅人命"

周勃后来被人诬陷谋反，锒铛入狱，贾谊知道周勃是被冤枉的，于是写了一篇《治安策》上书劝汉文帝，希望他能释放周勃。《治安策》里他提到秦朝的胡亥把人的性命看作像野草一样低微（草菅人命）。虽然贾谊这里说的是胡亥，但实际上他暗指汉文帝。汉文帝被贾谊一顿"唾骂"后，并没有生气，他终于决定重新调查周勃谋反的事情，最终周勃被无罪释放。

一天，一只小鸟飞到贾谊的屋子里。这种小鸟楚人叫"鹏鸟"，据说是种不吉之鸟。贾谊借题发挥，写了一篇《鹏鸟赋》，大意是一个人应该把生和死看得很轻，个人的宠辱得失都不必放在心上。他的心情不用说是有些悲观失望的。可是他到底年轻，总希望做一番事业，就向汉文帝上了一个奏章。汉文帝接到了贾谊的奏章，又把他召回来。过了不久，因为小儿子梁王刘揖用功读书，汉文帝挺疼他，就叫贾谊去辅助刘揖，做他的太傅。

贾谊一心想跟汉文帝在一块儿。上次叫他到长沙去已经很不乐意了。这次回来，本想留在朝廷里，谁知道又叫他到梁国去，一肚子的牢骚简直没有地方可以发泄。他就写了一篇很长的文章，提醒汉文帝。主要是说："分封的列王各人占据各人的地盘，培养自己的势力，将来一定不容易控制；匈奴屡次侵犯北方，总得想个抵御的办法。"汉文帝知道贾谊的才能，可是也看出了他的缺点。他认为贾谊年纪太轻，火气太大，尽管说的话很有道理，可是事情得一步一步去做，不能性子太急，要求太高。不然，不但事情办不好，而且容易得罪人。因此，汉文帝叫贾谊先去做梁王的太傅，一来免受大臣们的排挤，二来希望他能积累一些经验，懂得一些人情世故，将来好做大事。

就在这时，冒顿单于死了，他儿子做了匈奴王，称为"老上单于"。老上单于屡次侵犯边疆，加上汉朝的一个名叫中行说（yuè）的臣下做了汉奸，帮助匈奴跟汉朝为敌。贾谊又上了一个奏章，他说："匈奴只相当于汉朝的一个大县罢了，可汉朝这么大的天下反倒受着匈奴的欺负，朝廷上的文武百官是干什么的？皇上怎么不派我去对付匈奴呢？用我的计策，准把单于和中行说拴着脖子牵到长安来。"汉文帝更觉得这小伙子太狂妄了，又是喜欢他，又是替他担心，只好把他的奏章搁在一边。

　　贾谊虽然没有机会去攻打匈奴，可是梁王刘揖很尊敬他。他们俩不但是君臣和师生，而且还做了好朋友。没想到后来梁王跑马摔死了，贾谊哭得死去活来。他责备自己没好好地看着梁王，失了师傅的本分。从那时起，他更加心灰意冷，不顾惜自己的身子。这位很有才华的青年过了一年也死了，死的时候才三十三岁。

前车之鉴

　　这个成语出自《汉书·贾谊传》："鄙谚曰：'前车覆，后车戒。'"

　　鉴是镜子的意思。在《贾谊传》中，贾谊为了劝谏汉文帝沿用夏、商、周的仁政，以秦朝的覆灭为教训，引用了民间的一句谚语："前面的车翻了，后面的车要引以为戒。"

　　后来，这个成语用来比喻要把前人的失败作为自己的经验教训。

缇萦救父

tí　yíng　jiù　fù

　　汉文帝在即位的第二年就免去了天下一半的田租；第十二年又免去一半；第十三年，田租被完全废除。十几年来，国内基本太平，就连跟匈奴，也没发生过大的战争。

　　没有战争，国家就有了积蓄，再加上汉文帝一生节俭，不肯轻易动用国库，国家就更富足了。有一次，有人提议造一个露台。汉文帝命工匠计算了一下，得花费一百斤黄金。汉文帝说："要这么多吗？十户中等人家的财产也不过一百金。我住在先帝的宫里已经觉得害臊了，何必再造露台呢？"

　　为了给天下做个俭朴的榜样，汉文帝穿的衣服是黑色的厚帛做的。他最宠爱的夫人穿的衣服也挺朴素，

103

衣服下摆不拖到地上，宫女们更不必说了。宫里的帐幕、帷子全不刺绣，也没有花边。

为了给天下做个勤劳的榜样，汉文帝制定了一套男耕女织的仪式。他在春耕的时候，亲自率领大臣们耕种一块土地，生产一些供祭祀用的粮食；皇后亲自率领宫女采桑、养蚕，生产一些蚕丝，作为祭服（祭祀穿的衣服）的材料。由于勤劳、节约，即使不收田租，朝廷也可以过得去，再说，汉文帝只说废除田租，可没说废除商人的税赋，那时的国家还是很富裕的。

就在废除田租那一年，汉文帝又废除了肉刑，那时候的肉刑包括在脸上刺字、割去鼻子、砍去左右足三种。事情是这样起来的：

齐国临淄有个读书人，名叫淳于意。他喜欢医学，拜同乡人阳庆为老师，得到了古代医学家传下来的治病良方，能够预先断定病人的生死。

他替人治病，很有把握，因此，很快地就出了名。后来他做了齐国太仓县的县令，也算是个清官。他可有个毛病，一向自由散漫惯了，不愿受拘束。所以不久便辞了官职，仍旧去做医生。

有一个大商人家里的姨太太患了病，请淳于意医治，那女人吃了药不见好转，过了几天死了。大商人就告他是庸医杀人、忽视人命。当地官吏判他受肉刑。因为他曾经做过县令，需要押解到长安去受刑。他有五个女儿，可没有儿子。临走的时候，他叹着气，说："唉，生女不生男，有了急难，一个顶事的也没有！"

姐姐们耷拉着脑袋直哭，那个最小的女儿缇萦（缇tí）又是伤心又是气愤。她想："为什么女儿就没有用处呢？难道我就不能替父亲做点儿事吗？"她决定跟随父亲一块儿去长安。父亲到了这时候，反倒心疼她，劝她留在家里。解差也不愿意带上这个小姑娘，多个累赘。她可不依，寻死觅活地非去不可。解差怕罪犯还没送去先出了命案，只好带着她一块儿去了。

缇萦到了长安，要上殿去见汉文帝，管宫门的人不让她进去。她就写了一封信，又到宫门口来了。他们只好把她的信传上去。汉文帝一看，才知道上书的是个小姑娘，字写得歪歪扭扭，可是挺感动人的。那信

女救父之杨香扼虎救父

杨香，晋朝人，14岁那年随父亲去田里割稻，忽然蹿出一只大老虎，一口叼住了父亲。着急救父亲的小杨香急坏了，完全忘了自己与老虎力量悬殊，她猛地跳上前，用力卡住了老虎的咽喉。任凭老虎怎么挣扎，她一双小手始终像一把钳子，紧紧卡住老虎不放。老虎终因喉咙被卡，无法呼吸，瘫倒在地，他们父女才得以幸免于难。

上写道：

我叫缇萦，是太仓县令淳于意的小女儿。我父亲做官的时候，齐地的人都说他是个清官。这会儿他犯了罪，应当受到肉刑的处分。我不但替父亲伤心，也替所有受肉刑的人伤心。一个人死了，不能再活；割去了鼻子，不能再安上去。以后就是想要改过自新，也没有办法了。我愿意给公家没收为奴婢替父亲赎罪，好让他有个改过自新的机会。恳求皇上开开恩！

汉文帝不但同情小姑娘这一番孝心，而且深深地觉得过去的肉刑实在太不合理。他召集大臣们，说："犯了罪，应当受到刑罚。可是受了罚，得到了教训，就该让他好好地重新做人才是。现在惩办一个犯人，不但叫他受到痛苦，而且还在他脸上刺了字或者毁了他的肢体，这就太过分了。刺上字再也消不去，毁了肢体再也长不上，害得他一辈子没法再做好人。这样的刑罚怎么能劝人为善呢？我决定废除肉刑，你们商议个代替肉刑的办法吧。"

丞相张苍和别的几位大臣商量，拟定了几条办法：

1. 废除脸上刺字的肉刑，改为服苦役；

2. 废除割去鼻子的肉刑，改为打三百板子；

3. 废除砍去左右足的肉刑，改为打五百板子。

汉文帝同意了，就下了一道诏书，正式废除肉刑。小姑娘缇萦不但帮助了自己的父亲，也替天下的人做了一件好事。说起来也奇怪，汉文帝注重勤俭和教化，不但老百姓有了积蓄，户口年年增加，而且刑罚越减轻，犯罪的人反而越少。一年里头，全国犯重罪的案子一共只有四百来件。

缇萦救父

这个典故出自《史记·扁鹊仓公列传》，这一篇里的"仓公"指的就是故事里的淳于意。

当时的名医淳于意获罪，她的小女儿缇萦上书为父求情，并痛心于肉刑的残忍。她的举动感动了汉文帝，不仅让父亲获释，还促使汉文帝免除了肉刑。在《仓公列传》中，司马迁用御前奏对的方式详细记录了淳于意治愈的二十五个病例，为后世留下了宝贵的临床医学总结。

后世常用这个典故赞许女子的忠义、勇敢。

fù　tāng　dǎo　huǒ

赴汤蹈火

　　贾谊死后，汉文帝又重用了另一个有才能的人，叫晁错（晁 cháo），代替贾谊去帮助太子刘启。晁错喜欢文学和法学，那时候，汉文帝征求经书，单单缺了一部《尚书》。听说济南伏生正拿《尚书》教授齐、鲁的儒生，可是他已经九十多岁了，不能上长安来，汉文帝就派晁错到济南去向伏生学习。

　　晁错拜伏生为老师，可没法听懂他的话，不但口音不同，而且伏生牙齿全掉了，发音也不清楚。幸亏伏生有个女儿叫义娥，晁错就让她一句句地传话，总算了解了《尚书》的大意。

　　晁错也像贾谊一样，对内主张削弱诸侯王的势力，对外主张抵抗匈奴的侵犯。当初汉文帝不愿意跟匈奴

打仗，他依了老上单于的要求，把宗室的公主嫁给他，并派宦官中行说作为陪嫁的大臣。中行说不愿意到匈奴去，汉朝的大臣们因为他是北方人，知道匈奴的风俗，一定要他去。没想到中行说做了汉奸，帮助匈奴与汉朝为敌。

公元前 169 年，匈奴进攻狄道，汉文帝派兵对敌。每次出兵，他总嘱咐将士们，说："只要把匈奴打回去就算了，千万不可打进匈奴的地界去。"可是汉兵一退，匈奴又打进来。这种捉迷藏似的战争弄得汉朝进退两难。

晁错研究了这种情况，又上了一个奏章，大意说：匈奴是个游牧部族，时常到长城跟前来打猎，侦察我们的边防。防守的士兵少了，他们就打进来。要是朝廷不发兵去救，边界上的老百姓就遭了难；要是发兵去救，救兵刚赶到，匈奴早跑了。把军队驻扎在边疆上吧，费用实在太大；不驻扎吧，匈奴又进来了。这么一年年地下去，真的太劳民伤财了。皇上注意边疆，发兵去防守，固然是好事，可毕竟兵力有限，而且每年换防一次，军队来往又得花去许多费用。因此，不如下个决心，在边疆上建筑一些城，多盖些房屋，招募内地的老百姓，大批地搬到边疆上去。边疆上每个城邑至少移民一千户以上。由官府发给他们牲口、农具、粮食和春秋四季的衣服，直到他们能够自给为止。如果他们能够自己抵抗匈奴，把被匈奴抢去的牛、羊、财物夺回来，这些东西归还给原来的主人，再由官府照一半的价钱赏给夺回来的人。如此一来，城邑里的移民平时耕种，匈奴来的时候，他们拿起兵器来就都成了士兵。这样，驻扎边疆的士兵就可以大大减少了。

汉文帝觉得往边疆移民是一个办法，他就采用晁错的计策，招募内地的老百姓搬到边疆上去住，还大赦罪犯，让他们也作为移民一块儿去边疆建立新的城邑。

不仅如此，晁错还上书汉文帝，主张鼓励将士，保卫边疆。他说："能打胜仗或坚守不退的，应该适当升职；能攻破敌人城池和阵地的，应当给予奖励。这样才能使将士'蒙矢石，赴汤火'。"

此外，晁错主张重视农业，压制商人，他建议提高粮食的价钱，压低商人的利益。他上了一个奏章，说：

现在农民整年勤劳，不得休息，就算没有水灾、旱灾，也会因为粮价太低，弄得没法过日子。商人们低价买、高价卖，囤积居奇，加倍取利。他们男的不耕种，女的不纺织，可是穿的是绣花的衣服，吃的是大鱼大肉。

他们有了财富，就去结交王侯，势力越来越大。商人就这么兼并农民，农民就这么流离失所。要解决这种情况，不如拿粮食作为赏罚，拿出粮食来的，可以得到爵位，可以免罪。富人想得到爵位，就得向农民买粮食，把粮食交给县官。这么着，富人有了爵位，农民有了钱，郡县有了粮食。

汉文帝采用了晁错往边疆移民和聚藏粮食的计策。重视粮食、聚藏粮食，把粮食送到边疆上去，这些都是好事情。可是晁错只知道收藏粮食，没看到"卖官鬻爵"（鬻 yù）的毛病，给后世开了一个很坏的例子。

　　过了几年，汉文帝害了重病，去世了。汉文帝二十三岁即位，做了二十三年皇帝。在他做皇帝的时候，宫殿、花园不增加一点儿，车马、衣着很节俭，废除连坐法和肉刑，田租减低，甚至完全免去。二十多年来，老百姓得到了休养。汉文帝在中国历史上可以说是一位很开明的君主。

文景之治

文景之治是指西汉汉文帝、汉景帝统治时期出现的治世。文景时期，重视农业生产，重视"以德化民"，到景帝后期时，国家的物质基础大大增强，粮仓丰满起来了，钱库里的大量铜钱多年不用，穿钱的绳子烂了，散钱多得无法计算。文景之治不仅是中华文明迈入帝国时代后的第一个盛世，同时也是为后来汉武帝征伐匈奴奠定了坚实的物质基础和养精蓄锐的黄金时期。

太子刘启即位，就是汉景帝。汉景帝也像汉文帝一样，决心要把天下治理得好好的。他知道晁错有才能，就把他提升为御史大夫。谁想到忠心耿耿的晁错为了要安定天下，反倒引发了一场大乱。

晁错眼见分封的那些王势力越来越大，且有的作威作福，已经不受朝廷的约束了。他怕这么下去，也许会发生叛乱。还有些诸侯的土地实在太多了，像齐王有七十多座城，吴王有五十多座城，楚王也有四十多座城。要是他们不服从朝廷，就会把汉朝的天下弄成四分五裂的局面。

晁错拿吴王刘濞（bì）作个例子，对汉景帝说："吴王不来上朝，按理就该治罪。先帝念他年纪大，赐给他几、杖，本来希望他能改过自新。他反倒越来越傲慢了，不但私自开铜山铸钱，烧海水煮盐，而且还招收了一些亡命徒，暗地里准备造反。要是不及早削去他一部分的土地，将来可就没法对付他了。"

汉景帝也打算削弱这些同姓王的势力，可是他不敢动手。他说："削地是好，就怕他们造反。"晁错说："如果因为削地，他们就要造反，那么，即使现在不动他们的土地，到时候他们也会造反的。不如现在就动手，祸患还能小一些。"

晁错对汉景帝说："楚王刘戊荒淫无度，上次太皇太后下葬的时候，他还跟宫女们胡闹。这种没廉耻的人应该处罚。"汉景帝就削去楚国的东海郡作为一种惩罚。

晁错又查出胶西王刘卬（áng）接受贿赂，私自卖官鬻爵，汉景帝就削去胶西王的六个县城。赵王刘遂也因为犯了过失，被削去赵国的常山郡。这三个同姓的王一时不敢反抗，只能怨恨晁错。

晁错正在同汉景帝商议着要削去吴王刘濞封地，没想到刘濞那边已经开始派人到各国联络起来。别说因为汉景帝要削地，他才造反，就是早在汉文帝的时候，他就已经不受朝廷的管束了，他自己始终没来朝见过汉文帝。只有一次，他派太子刘贤到过长安。吴太子刘贤也像他老子一样，傲慢自大，目中无人。他和皇太子（**就是汉景帝**）下棋，为了一个子儿，争起来。吴太子原来是惯坏了的，皇太子更不必说，从来没有人敢顶撞他们。"钉头碰铁头"，两个淘气的家伙碰出火星来了。皇太子拿起棋盘砸过去，一下子就把吴太子砸死了。

汉文帝把皇太子责备了一顿，把吴太子的尸首入殓，派人运到吴国去。吴王刘濞见了儿子的灵柩，鼻子都气歪了。他把灵柩退回去，说："现在天下一家，死在长安，就葬在长安，还送回来干什么！"打这儿起，吴王刘濞一心一意准备造反，朝廷上的大臣们都要求汉文帝发兵去征伐，汉文帝抱定"多一事不如少一事"的宗旨，下了一道诏书，好言好语地安慰吴王刘濞，还赐他几、杖，说他年老，不必入朝。吴王刘濞找不到起兵的名义，只好把造反的打算暂时搁下。

赴汤蹈火

《汉书·爱盎晁错传》中有记载："战胜守固则有拜爵之赏，攻城屠邑则得其财卤以富家室，故能使其众蒙矢石，赴汤火，视死如生。"

汤是热水的意思，蹈是踩的意思。即使是沸腾的热水、燃烧的烈火也敢奔赴、踩踏。《汉书》中的这段记载是说晁错向汉文帝提出建议，给予有功的戍边将士丰厚奖励，便会促使他们冒着飞箭乱石，赴汤蹈火，视死如归地保卫边境。

后来，赴汤蹈火被用来比喻克服极大的困难与风险也在所不惜，毫无畏惧地奋勇向前。

luàn　qī　bā　zāo
乱七八糟

　　汉景帝听了晁错的建议，打算削弱各诸侯王的势力。吴王刘濞（bì）一听到汉景帝削地削到他的头上来了，就有了起兵的名义，决定造反了。公元前154年，他打发使者拿惩办晁错的名义去约会楚王、赵王和胶西王共同出兵。本来这三个王就因为没有人出来领头，才不敢动乱，现在有了吴王刘濞替他们做主，胆子更大了。

　　胶西、楚、赵这三个王手下也有几个大臣反对的，可都被杀了。胶西王刘卬格外卖力气，他还去发动齐、菑川（菑 zī）、胶东、济南、济北一同起兵。齐王刘将闾同意了，可是后来他又改变了主意，吩咐将士们守住临淄，不让外面的军队进来。济北王刘志因为要修理济北的城墙，腾不出手来，不能发兵。胶西王刘卬就率兵围攻齐国，他打算先把临淄打下来，然后再跟吴王刘濞、楚王刘戊、赵王刘遂的大军会合在一起打到长安去。

那边，六十二岁的吴王刘濞率领着二十多万兵马从广陵出发，浩浩荡荡地渡过淮水，跟楚王刘戊的军队合在一起，声势浩大。吴王刘濞通告各国诸侯，请他们发兵惩办奸臣、挽救刘氏的天下。那时候中原大大小小的诸侯有二十二个，除了吴、楚、赵、胶西、胶东、菑川、济南七国以外，其余十五国，有的坚决反对吴王刘濞，发兵抵御，有的还要等一等听听风声。吴王刘濞和楚王刘戊就先去进攻梁国。

这样，东边是胶西王、胶东王、菑川王、济南王围攻齐国；南边是吴王和楚王围攻梁国；北边是赵王在邯郸虚张声势，单等吴、楚大军一到，就准备南下。

齐王刘将闾、梁王刘武接连打发使者赶到长安，火急求救。汉景帝立刻召集大臣们商议怎么去对付他们。大臣们谁都不说话。汉景帝忽然想起汉文帝临终前说过："将来国内要是有变乱，可以拜周亚夫为将军。"他就拜周亚夫为将军，把他升为太尉。周亚夫率领着三十六个将军和他们的兵马去对付吴王和楚王那一路。

接着，汉景帝又拜窦婴为大将去对付胶西王、胶东王、菑川王、济南王那一路的叛军。窦婴又推荐了栾布

八王之乱

西晋初年，司马炎建立晋朝，把皇室子弟分别封为诸侯王。司马炎死后，继位的惠帝为人庸愚弱智，朝政大权落入其外祖父杨骏的手里。这引起司马炎的妻子贾后的不满，她暗中用计，杀掉了杨骏。之后，贾后请汝南王司马亮来辅政。司马亮上台后，也是独断专行。贾后又密诏司马玮将司马亮杀死，由司马玮辅政。可是，司马玮也不是对贾后言听计从，贾后便又设计杀死了司马玮。后来，为独霸朝野，贾后又将皇太子司马遹（yù）废为庶人后毒死。赵王司马伦趁机发动兵变，斩杀贾后及其亲党，一场持续16年的皇族夺权战就此开始。因先后参与这场乱事的共有八个王，故史称"八王之乱"。这次皇室内宫争权夺利的血腥斗争，远比故事中的"七国之乱"时间更长，人民所遭受的灾难也更加深重。所以，"八王之乱"被形象地称为"八糟"。

和郦寄两个人为将军，汉景帝也同意了。窦婴派栾布带领一队兵马去救齐国，派郦寄带领另一队兵马去征伐赵王遂，自己准备去镇守荥阳，接应救齐和攻赵的两路兵马。

　　他正想动身的时候，曾经做过吴相国的袁盎来求见他，对他说："只要皇上采用我的计策，杀了晁错，保证七国退兵。"窦婴一直都把晁错视为眼中钉，当天晚上就去见汉景帝，说袁盎有平定七国的妙计。

　　汉景帝也怕打仗，一听袁盎有妙计，立刻派窦婴叫袁盎进宫。袁盎到了宫里，看见晁错正在汉景帝跟前商议运输军粮。汉景帝问袁盎："七国造反，你说怎么办？"袁盎说："皇上可以放心！我是来献计策的，可是军情大事必须严守秘密。"汉景帝就叫左右退去，只有晁错还留在跟前。汉景帝等着袁盎说出他的计策来，袁盎只是看看汉景帝，又看看晁错，还是不说话，汉景帝只好叫晁错暂时退下去。晁错看了袁盎一眼，很不高兴地退到东厢房去了。

　　袁盎一见四下里没了人，才轻轻地对汉景帝说："吴、楚发兵就是为了晁错一人，他们说：'高帝分封子弟，各有土地，现在奸臣晁错一心要削去同姓王的封地，这不是成心要削弱刘氏的天下吗？'因此，他们发兵前来，一定要惩办晁错。只要皇上斩了晁错，免了诸侯王起兵的罪，恢复他们原来的土地，臣可以担保他们准会向皇上请罪，撤兵回去的。"

　　汉景帝手托下巴，慢慢地摸着，过了好大一会儿，才说："如果真能这样，我又何必舍不得他一个人呢？"袁盎见事情已经成功了，就赶紧卸责任，说："我的话就说到这儿，究竟应该怎么办，还是请皇上自己拿主意。"

过了几天，就有丞相、中尉和廷尉上本弹劾晁错，说他言论荒谬，大逆不道，应当腰斩。汉景帝把心一横，亲手批了他们拿来的公文。可是晁错还蒙在鼓里呢，他正在家里计划着怎么运输军粮，忽然有个大臣到了御史府，传达皇帝的命令，叫晁错上朝议事。晁错立刻穿上朝服，戴了帽子，跟着那位大臣上了车，急急忙忙地去了。晁错沿路见不是往宫廷去的路，正要问个明白，马车已经到了东市。那个大臣拿出诏书来，说："晁御史下车听诏书。"晁错还没下车，武士们一窝蜂地上来，把他绑了。晁错为了巩固汉朝的天下，就这么穿着朝服，莫名其妙地被汉朝的皇帝杀了，还灭了三族。

汉景帝斩了晁错，派袁盎和吴王刘濞的一个亲戚带着诏书去叫刘濞退兵。吴王刘濞一听，心里反倒大失所望。他已经打了几阵胜仗，夺了不少地盘，哪儿还肯退兵？他不愿意接见袁盎，只叫他的那个亲戚进去，对他说："我已经做了东边的皇帝了，还接什么诏书？"他把那个亲戚留在营里，另外派五百名士兵围住袁盎，叫他投降。袁盎还真是有本事，半夜里，他逃了出去，转了几个弯，一溜烟跑到长安去向汉景帝回报去了。

汉景帝还以为袁盎到了吴王营里，准能叫他退兵。等了好几天，袁盎没等来，却来了个周亚夫的使者邓公，向汉景帝报告军事。汉景帝问他："你从军营里来，知不知道晁错已经死了？现在吴、楚是不是愿意退兵？"邓公说："吴王成心要造反，已经几十年了。这次借晁错削地的由头发兵，哪里真是为了他呢？想不到皇上竟把晁错杀了，这么一来，恐怕以后谁也不敢再替朝廷出主意了。"

汉景帝叹了一口气，说："你说得对。我后悔也来不及了。"这时，梁王刘武的使者又到了，要求皇上赶快发兵去救梁国。汉景帝就派人去催周亚夫进兵。周亚夫接到了诏书，立刻从灞上动身，一直到了荥阳。

周亚夫留下一部分人马守住

荥阳，自己带领着大军退到昌邑。他吩咐将士们坚决遵守"只守不攻"的命令。这么一天天地过去，周亚夫的军队天天闲着。吴王和楚王见周亚夫的大军已经到了，可就是不来跟他们交战。吴王刘濞对楚王刘戊说："他不过来，咱们打过去吧。"他们就去进攻昌邑。吴、楚的将士三番五次地向周亚夫挑战，周亚夫命将士们守住军营，不许迎战。

吴王刘濞、楚王刘戊反倒着起急来了。怎么这几天运粮队不来了呢？他们正打算派人去催，探子们一个个地回来报告，说："周亚夫暗地里派了最有能耐的一队将士，抄到咱们的后路，早就把咱们的粮道截断了。前些日子已经运来的粮草也全被他们抢去了。"吴王刘濞听了这个报告，急得连鼻涕都流出来。他说："我们几十万人马，没有粮草怎么行呢？"楚王刘戊听了，气得只能翻白眼。

又过了三五天，吴、楚的士兵自己先乱起来。这时候，周亚夫才亲自率领着将士们进攻。灌婴的儿子灌何和灌何家的勇士灌孟、灌夫爷儿俩，还有射箭能手李广最卖力气了。灌孟阵亡，他儿子灌夫发疯似的冲进敌阵，杀散了敌人，负伤十几处还使劲地追杀敌人。李广凭他百发百中的箭法，专射将领，吓得吴王刘濞的将士不敢让他瞧见。周亚夫的大军像狂风扫落叶似的把吴、楚的兵马打得一败涂地。

吴王刘濞带着他十四岁的儿子趁着黑夜逃了。第二天，将士们见没了首领，都一哄而散了。楚王刘戊也只好逃跑，他带着一队人马正想溜的时候，周亚夫的兵马把他们围住，大声嚷着说："放下兵器，一概免死！"楚王刘戊见自己逃不掉，只好自杀。

周亚夫消灭了吴、楚的兵马，又去救齐国。胶西、胶东、菑川、济南四个王连着打了几阵败仗。齐王刘将闾和栾布他们趁机联合起来追赶那四国的兵马。最终，那四个王都自杀了。七国当中只剩赵王刘遂还守住邯郸，抵御着郦寄，周亚夫和窦婴又派了一些兵马去帮助郦寄，赵王刘遂没法儿再抵抗。只好向匈奴去搬救兵，匈奴已经打听到吴、楚失败的消息，不肯发兵。赵王刘遂只好自杀。

那个首先发动叛变的吴王刘濞逃到东越去，东越王接到了周亚夫的信，把刘濞杀了。刘濞的儿子刘驹逃到了闽越。齐王刘将闾因为当初曾经答应过吴王刘濞随他一同造反，后来虽然改变了主意，可还是怕朝廷办他的罪，也自杀了。就这样，七国的叛变，不到三个月工夫，就全被平定了下去。

汉景帝还算厚道，灭了七国的王，仍封七国的后代继承着他们祖先的位子。不过经过这一番变乱，各国诸侯以后只能在自己的地区内征收租税，不再干预地方行政，诸侯的势力大大削弱。汉朝能够加强政权的统一，晁错是有功劳的，可是他已经被灭三族了。

乱七八糟

关于这个成语的来历，有一种说法认为"乱七"指的是汉景帝时期的"七王之乱"，"八糟"指的是西晋时期的"八王之乱"。两次战乱都给当时的国家造成了很不好的影响，被后世合称为"乱七八糟"。《史记·吴王濞列传》中记载了"七王之乱"。

乱七八糟这个成语可以用来形容事物毫无秩序，杂乱无章的状态。

jīn wū cáng jiāo

金屋藏娇

　　汉景帝有十几个儿子，他立皇子刘荣为皇太子，皇子刘彻为胶东王。刘荣不是嫡子，也不是长子，年纪又小，为什么立他为皇太子呢？

　　原来汉景帝虽然已经立薄氏为皇后，可他却爱上了妃子栗姬。薄氏没有儿子，栗姬连生了三个儿子。汉景帝打算废了薄皇后，立栗姬为皇后。他就先立栗姬的长子刘荣为皇太子，只要薄皇后一废，栗姬就是皇后了。想不到栗姬在这场斗争中失了一招，皇后的地位反倒被别的妃子抢了去。

　　那个跟栗姬争宠的妃子叫王美人。王美人原本是金家的媳妇，生了一个女儿后，跟金家离了婚，才进宫的。她伺候皇太子启，也就是没即位时候的汉景帝。皇太子把她当作第二个栗姬看待，很宠她。汉景帝即位后，王美人生了个儿子，就是刘彻。刘彻比刘荣小，而且王美人究竟还比不上栗姬那么得宠，所以汉景帝立栗姬的儿子刘荣为皇太子，立王美人的儿子刘彻为胶东王。到了汉景帝六年，一道诏书下来，把薄皇后废了。这皇后的地位就到了栗姬的手边了。正在这个紧要关头，汉景帝的姐姐长公主嫖插进来，栗姬跟王美人斗争的形势就起了根本的变化。

长公主有个女儿，叫阿娇，她想把阿娇许配给皇太子刘荣，便托人向栗姬去说媒，栗姬明知道长公主跟皇上姐弟俩十分亲密，也知道后宫里的美人儿都追着奉承长公主，让她帮着接近汉景帝，长公主都答应下来。栗姬因为长公主帮助后宫分了自己的恩宠，早就恨透了她。这次长公主为自己的女儿托人来做媒，栗姬一肚子的气就全发泄了出来，她一口回绝了。

长公主恼羞成怒，从此跟栗姬结下了冤仇。王美人抓住这个机会，一个劲儿地讨长公主的好。长公主一高兴，就把她当作亲家看待，愿意把阿娇许配给刘彻。王美人不用说多么高兴了，她说："亲家这么照顾我们，我们一辈子也忘不了您的恩典。可是我总觉得太委屈阿娇了。"长公主说："有我在，她受不着什么委屈。"

就这样，王美人和长公主俩人自作主张，做了亲家。

王美人把这件喜事告诉了汉景帝，汉景帝可不同意。他说："阿娇比彻儿大好几岁，不合适。"王美人愁眉苦脸地向长公主诉委屈，长公主就带着阿娇到宫里来见汉景帝，汉景帝挺高兴地接待着她们，王美人也带着刘彻来向长公主请安。

刘彻与刘彘

据传说，刘彻在小时候，还有另外一个名字，叫刘彘（zhì）。彘，就是猪。为什么会给一个皇子起这样的名字呢？因为当时许多贵族子弟由于养尊处优，导致身体羸弱，不到成年就死去了。汉景帝为了使自己的孩子身体强壮，故意给他们取一些老百姓常用的低微下贱的名字。等到汉武帝成年，做了皇帝后，就改为刘彻了。其实，这个名字是一本古代志怪小说中虚构的，但因为流传较广，所以被许多人误以为真。

长公主把刘彻抱过来，放在自己的腿上，摸着他的小脑袋，笑嘻嘻地问："彘儿要不要媳妇儿？"小刘彻笑着不说话。长公主指着一个宫女问他："她给你做媳妇儿，好不好？"刘彻摇摇头，说："不要。"长公主指着自己的女儿，问他："阿娇给你做媳妇儿，好吗？"刘彻咧开嘴乐了，说："要是阿娇给我，赶明儿我一定盖一间金屋子给她住。"大伙儿不由得都笑了起来。汉景帝觉得他儿子小小年纪便这么喜欢阿娇，就答应了这门亲事。

汉景帝废了薄皇后，原本打算立栗姬为皇后。可是栗姬实在太骄横了，有一次，汉景帝身体不舒服，心中烦闷，他故意对栗姬说："我百岁之后，你来照顾所有的皇子，行不行？"栗姬听了，很不高兴，理也不理他。汉景帝又逼问她，栗姬就很不客气地回答说："我又不是保姆！"汉景帝就有点儿恨她了。就在这时，长公主对他说："栗姬肚量狭窄，老咒骂别人，特别是对王美人更厉害。要是她做了皇后，恐怕'人彘'的惨事儿是难免的了。"汉景帝一听到"人彘"，浑身打了一阵冷战，更不愿意让栗姬做皇后了。

过了一年，皇后的位置还空着不说，连太子荣也废了，改封为临江王。栗姬竹篮打水，空忙一场，她气得害病死了。这么一来，皇后和皇太子的位置就全空了起来。这就引起了梁王刘武的兴趣。

梁王刘武是汉景帝的胞弟，是窦太后的命根子。有次汉景帝说将来传位给他，当时还以为只是一句玩笑话，可是过后他老想着：要是有朝一日真能做上皇帝，那该有多好哇！后来七王造反，梁王刘武坚决地抵抗了吴、楚的进攻，立了功劳。汉景帝赐给他天子的旗子，车马也装饰得跟天子的差不多，他就越来越威风了。他的奢侈放纵甚至连汉景帝都比不上。

梁王刘武开始招收四方宾客，手底下的门客一天一天地多了起来。门客公孙诡和羊胜替他出主意，叫他争取皇位。一听说皇太子刘荣被废，公孙诡就催促刘武去见窦太后，要求她从中帮助。窦太后就叫两个儿子进宫里来喝酒。她对汉景帝说："我老了，活不了几年了。我只希望你做皇兄的好好地照顾弟弟。"汉景帝当时就跪下去，说："我一定遵从母亲的话。"

第二天，汉景帝召集几个心腹大臣，秘密地商议可不可以传位给梁王。袁盎首先说："从前宋宣公不把皇位传给

自己的儿子，反倒传给他的兄弟，害得宋国乱了多少年。皇上千万可别学宋宣公！"大臣们都劝汉景帝遵守传子不传弟的规矩。汉景帝只好把大臣们的意见告诉了窦太后。窦太后和梁王刘武当时没有话说，可是他们从那时起，恨透了袁盎。

公元前149年，汉景帝立王美人为皇后，立胶东王刘彻为皇太子。临江王刘荣丢了太子的位子，又死了母亲，心里当然十分难受。可是他还算仁厚，据说在江陵一带挺受老百姓的爱戴。后来因为扩建宫殿，用了汉文帝庙外的一块空地，被人告发，说他侵占宗庙，大逆不道。汉景帝把这件案子交给郅都（郅 zhì）去审问，临江王刘荣动身往长安去的时候，江陵的父老都来给他送行，甚至于有流眼泪的。

这个郅都，是个出名的硬汉，不论皇亲国戚，他都铁面无私地有罪办罪。刘荣落在他手里，不愿意在公堂上丢丑，就写了一封绝命书给汉景帝，在监狱里自杀了。

窦婴把刘荣自杀的消息告诉了窦太后，窦太后死了孙子，大哭一场，一定要汉景帝从严惩办郅都。汉景帝把他免了职，后来又把他调到北方，做了雁门太守。匈奴见他厉害，派使者向汉朝抗议，说郅都虐待匈奴，违背和约。窦太后趁着机会，叫汉景帝把郅都杀了。这位得罪了窦太后又得罪了匈奴的郅都就这么丢了脑袋。

汉景帝杀了郅都，心里挺不踏实。不料叫他心里不踏实的事还不止这一件哪。有人报告说："袁盎被人刺死了，还有几个大臣也被害了。"汉景帝一听，就料到这肯定是梁王刘武干的。他马上派大臣田叔和吕季主到梁国去查办凶手。他们到了梁国，很快地把全部案子查清楚。田叔跟吕季主商量了一下，认为梁王刘武是窦太后的儿子，皇上的亲兄弟，没法叫他抵罪。他们就把主犯公孙诡和羊胜定了死罪，把全部案卷带了回来。

他们到了京城，才知道窦太后为了梁王的案子，哭个不停，已经有几天没吃饭了。田叔就把带来的全部案卷烧毁。汉景帝问他："梁王的事办完了吗？"田叔说："办完了。主犯公孙诡已经处死了。"汉景帝说："难道跟梁王没有关系吗？全部案卷都带来了没有？"田叔说："请皇上不必再追问。留着这种案卷没有好处，我大胆地把它烧了。"汉景帝慰劳了田叔和吕季主，进去告诉窦太后，窦太后这才放了心。

金屋藏娇

　　这个成语出自《汉武故事》："若得阿娇作妇，当作金屋贮之也。"

　　这个故事并未被收入正史之中，陈皇后的"阿娇"之名，汉武帝的"刘彻"之名都出自《汉武故事》这部志怪小说。但由于这个故事流传甚广，金屋藏娇这个成语也慢慢固定下来。

　　后来，金屋藏娇用来形容修建华美的房子给娇妻美妾居住，在古代也有纳妾之意。

子虚乌有

公元前 141 年，汉景帝病死了。皇太子刘彻即位，就是汉武帝。汉武帝即位那年才十六岁。他立陈阿娇为皇后，尊窦太后为太皇太后，王皇后为皇太后。

汉武帝喜欢打猎，有个会奉承他的臣下出了个主意：把南山和附近的山林、河道、田地圈起来，让老百姓全都搬出去，再拆去民房，四周砌上墙，修成一个极大的上林苑，汉武帝同意了。

等上林苑完工，就有人作诗、写文章来歌颂汉武帝修建上林苑的伟大事业。其中，汉武帝最欣赏的一篇叫《上林赋》。那篇《上林赋》是汉朝大才子司马相如写的。司马相如是成都人，从小喜欢读书，他挺羡慕战国时代的蔺相如，就给自己取了个学名叫相如。那时候蜀郡太守文翁，大兴文教，设立学校，请司马相如去当教师。文翁一死，他就不愿再教书了，他打算离开成都，到长安去做大官。路过一座升仙桥的时候，他在桥柱子上题了字，写的是："不乘高车驷马，不过此桥。"

司马相如到了长安，花钱谋到了一个卫士的职位，伺候着汉景帝。汉景帝不喜欢作诗、写文章。司马相如又没有多高的武艺，他在这个位置上很是没有优势。

恰巧梁王刘武带着几个文人来朝见汉景帝，司马相如趁机跟这些文人交了朋友。接着他就辞了职，到了梁国，被梁王刘武收为门客。他在梁国住了几年，写了一篇很长的文章叫《子虚赋》，假托"子虚""乌有先生""无是公"三个人评论国王打猎的事，文章的字句铺张雕琢，内容却是空空洞洞。可当时那帮拿喝酒、作诗过日子的文人都说《子虚赋》写得好，司马相如就这样出了名。

梁王刘武后来死了，他的

门客也就树倒猢狲散了。司马相如只好回了老家成都。他没事干，家里又穷，就到临邛县（邛 qióng）去投靠他的好朋友县令王吉。王吉曾经对他说过："要是你不如意了，尽管到我这儿来。"

王吉替司马相如想出了一个抬高身价的办法：请他住在都亭（城门旁边公家的房子），自己每天挺恭敬地去拜访他。头几天，司马相如还出来接见县令，后来干脆叫随从出来推辞说身子不舒坦，不便相见。司马相如不见客，县令更加恭恭敬敬地每天去问病。王县令天天这么招摇过市地去拜访司马相如，全城的人都知道了。

临邛县有两家大财主：一个叫卓王孙，家里的奴仆就有八百名；一个叫程郑，也有几百名奴仆。两个财主商量着："县太爷来了贵客，咱们不能不招待一下。"他俩就决定在卓王孙家里请客，约上一百来个有名望的人，请县令做个陪客，挺隆重地给司马相如接风。

请客那天，卓家门前一溜儿全是车马。一百来个陪客都到齐了，酒席也摆上了。吹吹打打好不热闹。可就是缺了一个人，谁呀？主角司马相如没来。他推辞说："身子不太舒服，心领了。"

王县令不敢怠慢，亲自带着几个挺有面子的人去劝驾，死乞白赖地一定要司马相如赏个脸，逼得司马相如没办法，只好带着随从乘着自己的马车到卓家来了。贵客一到，全堂都兴奋起来。司马相如当然坐了首位，王县令和其他陪客挨次序坐了，卓王孙和程郑坐在主位，酒越劝越勤，话越说越高兴。

王县令见大伙儿这么高兴，就提议说："司马公弹琴是出了名的，我们何不请他弹一曲，让我们的耳朵也享享福！"司马相如直怪王县令多嘴。卓王孙说："琴，我家里也有，是我前年花了三百金买来的，听说还是古物。请司马公不要推辞。"王县令说："用不着你家的琴。司马公的琴和剑是随身带着的。我看见他车上有个口袋，那准是琴，快去拿。"手下人就把琴拿上来了。王县令接过来，双手递给司马相如，司马相如挺随意地弹了一段就停下了。大伙儿不管听得懂、听不懂，没有一个不喝彩的。

司马相如把弦儿调整一下，正准备弹第二段的时候，就听到屏风后面叮叮当当有玉佩的声音。他偷偷地往那边一瞅，原来是个极漂亮的女子，他知道那是卓王孙的女儿卓文君。卓文君不但长得美，而且琴、棋、书、画，样样精通，只可惜年轻轻地守了寡，住在娘家。她听说司马相如是个才子，就躲在屏风后面想偷看一下。等到司马相如弹起琴来，行家碰到行家，不由得转到屏风边

上，露了一露，正好跟司马相如打了个照面。她连忙退回来，心里头尽管乱跳着，可还是静静地站在那儿，想要再听听琴声。

司马相如哪能错过机会呢？好在这些财主们压根儿不懂得音乐，他就大胆地弹了一支求爱的情歌，叫作《凤求凰》。司马相如的这首《凤求凰》，每个调子都弹在卓文君的心弦上。两个人就这么彼此爱上了。

回去之后，司马相如对卓文君念念不忘，他买通卓文君的使唤丫头，请卓文君嫁给他。卓文君怕父亲不答应，就下了决心，半夜里跟着司马相如私奔了。卓王孙丢了女儿，一打听，那位住在都亭的贵客也不见了，气得直吹胡子。可是家丑不可外扬，他只好咬着牙，心里痛骂那两个家伙。

卓文君跟随司马相如到了成都，才知道原来他是个穷光蛋。卓文君只好把随身的首饰变卖了，对付着过了一两个月。她劝司马相如回到临邛去，或者向她父亲求求情，总比在成都饿死强。他俩就硬着头皮，回了临邛，托人向卓王孙去说。卓王孙发了脾气，说："不要脸的东西，我不治死她，已经是恩典了。要我接济她，一个钱儿也别想！"

司马相如有的是办法，他在临邛街上租了一间房，

卓文君《怨郎诗》

司马相如当官后，曾有过纳妾的打算。他给妻子卓文君送出一封只有十三字的信："一二三四五六七八九十百千万。"聪明的卓文君读后，泪流满面。一行数字中唯独少了一个"亿"，无亿？岂不是夫君在暗示已没有以往的回忆了。卓文君怀着悲痛的心情，回了一封《怨郎诗》："一别之后，二地相悬，只道是三四月，又谁知五六年。七弦琴无心弹，八行书无可传，九曲连环从中折断，十里长亭望眼欲穿。百思想，千系念，万般无奈把君怨。万语千言说不完，百无聊赖十倚栏。重九登高看孤雁，八月中秋月圆人不圆。七月半，秉烛烧香问苍天。六月伏天人人摇扇我心寒。五月石榴似火红，偏遭阵阵冷雨浇花端。四月枇杷未黄，我欲对镜心意乱。急匆匆，三月桃花随水转；飘零零，二月风筝线儿断。噫，郎呀郎，恨不得下一世，你为女来我做男。"司马相如看完妻子的信，不禁惊叹妻子的才华。想到昔日夫妻恩爱之情，他羞愧万分，从此不再提休妻纳妾之事。

开了一家小酒铺。他穿着短裤，打扮成干粗活的仆人，在酒铺门前洗这个、擦那个。卓文君就当掌柜卖酒，招待主顾。他们这么做，并不是真正想凭着自己的劳动来过日子，只是成心想给卓王孙丢人现眼。卓王孙还真害了臊，连家门都不敢出了。

卓王孙的几个朋友都去劝他，说："令爱既然愿意嫁给他，木已成舟，就算了吧。再说司马相如毕竟做过官，还是县令的朋友，没准儿将来能有出息。万事总得留个后路，何必让他们在这儿吃苦呢？"卓王孙没办法，只好给了女儿卓文君一百个奴仆，一百万钱，又把她头一回出嫁时的衣服、被子和财物都送了过去。司马相如把财物拿到手，马上关了酒铺，带着卓文君回到成都，买房置地，做了财主。

这时，汉武帝召他进京去做官。原来司马相如有个同乡叫杨得意，是个"狗监"，就是在上林苑里管猎狗的官。他偶然听到汉武帝称赞司马相如的那篇《子虚赋》，说："这篇文章写得真好，要是有机会，我倒愿意跟这人谈谈文章。"杨得意马上趴在地上，说："禀告皇上：司马相如是臣下的同乡，他正在家里闲着呢，皇上要是愿意召见他，他可以马上就来。"汉武帝这才叫司马相如进了京。

汉武帝问司马相如："《子虚赋》是你写的吗？"司马相如说："《子虚赋》不过是写些诸侯的事，算不了什么。皇上喜欢游猎，我就给皇上写一篇《游猎赋》吧。"原来，司马相如早就猜透了汉武帝的心思，这篇《游猎赋》该怎样写，他在路上就已经打好了主意，当时就像默书似的写出来了。汉武帝拿来一念，称赞了一番，当即就拜他为郎官。

可是，汉武帝修上林苑那一年，不但平原遭了大水灾，老百姓饿得活不了，而且东南一带还动了刀兵。可司马相如却又替汉武帝写了一篇《上林赋》，凭他一支生花妙笔，挺工整地用上了一大堆歌颂皇上的好字眼，却把饿死人的倒霉事儿完全抛在了一边。

子虚乌有

这个成语出自司马相如的《子虚赋》："楚使子虚使于齐，王悉发车骑，与使者出畋。畋罢，子虚过姹乌有先生，亡是公存焉。"

"子虚"和"乌有先生"都是司马相如在自己的《子虚赋》中虚构的人物。子虚是楚国派往齐国的使臣。为了显示国力强大，齐王发动全部士卒带着子虚去打猎。打猎回来，子虚与齐国的乌有先生对谈，无是公恰好也在。整篇赋就是通过人物对谈的形式，展现王族的奢侈铺张并对此进行批判。

司马迁认为，"子虚"就是虚言，"乌有"就是没有这样的事。后人用子虚乌有来形容假设的，并非真实存在的事物。

覆水难收

　　汉武帝好几次召东越王馀善来朝见，可他一次也没来，得罪了汉武帝。汉武帝就准备发兵去征伐。中大夫朱买臣献计，说："东越王馀善本来住在泉山，那个地方很险要，可谓是一夫当关，万夫莫开。可听说他最近扩大了地盘，往南边去了。他现在住的地方离泉山有五百里地，要是咱们由海道进兵，先占领泉山，然后再往南进攻，东越就可以打下来。"汉武帝见朱买臣挺有能力，就拜他为会稽太守。朱买臣是会稽人，汉武帝也有意让他富贵归故乡。

　　朱买臣原本是个穷困潦倒的读书人，没有什么赚钱的能力，又要读书，日子就不太好过。幸亏他媳妇儿崔氏很能干，不但常替人家缝缝洗洗，还老上山打柴，挣些零钱，好让朱买臣用功读书。她这么抛头露面地干着活儿，就指望着自己的丈夫能够有个出头之日。想不到朱买臣读书读到四十多岁，还是一介穷书生。崔氏开始不耐烦了，她对朱买臣说："你读书也该读够了，我也不能一辈子老养活着你呀。男子汉大丈夫总该干点儿活儿，老捧着书本，米从哪儿来？柴从哪儿来？"

朱买臣说："将来我做了官，别说柴米，就是金银财宝也都有了。"崔氏说："别说这种废话。趁早扔了书本，干点儿活儿吧。"朱买臣说："读书人能干什么活儿呢？"崔氏又是恨他又是疼他。她说："你跟着我上山砍柴去，多少也能挣几个钱。"朱买臣只好跟着他媳妇儿一块儿去砍柴。可是他每次上山，总是带着书，一边砍柴，一边读书。这还不算，他挑着柴火，也是一边走，一边摇头晃脑地念书，惹得路上的人全都笑话他。崔氏觉得他这么呆头呆脑，实在太丢人了。有时候崔氏让他到街上去卖柴，他起初还挑着柴担吆喝着："卖柴呀！"可不知道怎么回事，不一会儿，他又提高嗓门儿背起书来了。

崔氏真拿这个书呆子没办法。家里老是吃了上顿没下顿，跟着他还能有什么盼头呢？崔氏哭哭啼啼地闹着要离婚。朱买臣说："我朱买臣五十岁一定会富贵，你就再熬几年吧。"崔氏冷笑着说:"别再提富贵了。我求求你行个好,放我走吧。"两口子闹了几天,朱买臣只好把崔氏休了。

朱买臣休了妻,一个人砍柴、卖柴,日子过得越来越艰难。有一天,恰逢清明节,朱买臣挑着小小的一担柴火,走下山来。他身上又冷,肚子又饿,就在大道边缩成一团休息着,手里还拿着书呢。说来也真巧,崔氏正跟一个男的在旁边的坟头上供。崔氏看见朱买臣苦到

这步田地，不由得心酸起来。她就把撤下来的酒、饭送到朱买臣跟前，低着头递给他，流着眼泪走了。朱买臣已经饿了两天了，见了酒饭，也顾不得害臊，狼吞虎咽地吃了。他一边哑着嘴，一边把空碗盏交还给那个男的，向他谢了一谢，挑起柴火走了，他这才知道崔氏已经改嫁了。

又过了几年，朱买臣快五十了。他打听到会稽郡要送货物到京城去，就去求那个管运货的主管让他做个运货的小卒子，那个主管正缺人，就用了他。朱买臣就这样到了长安。他上书求见汉武帝，等了好些日子，也不见诏书下来。他身上没有钱，只好去求见他的老乡中大夫庄助，求他帮忙。庄助把他引荐给了汉武帝，汉武帝当面问了问他所学的东西以后，就拜他为大夫，可是并没重用他。

过了不久，汉武帝听了朱买臣进攻东越的计策，就拜他为会稽太守，嘱咐他准备楼船、积聚粮食和兵器，等候大军去征伐东越。

朱买臣做了会稽太守，终于可以回本乡扬眉吐气了。他故意换上一身旧衣服，走到一家大一点儿的饭馆里，在那儿喝酒的一帮人也有认识朱买臣的，也有不认识他的，可是谁都没招呼他。他一个人坐下，要了一点儿酒菜。过了一会儿，有几个官吏慌慌忙忙地进来，请朱太守上车。大伙儿一听朱买臣做了太守，已经吓了一大跳；又看见门外来了好多车马，说是来迎接新太守上任的，不由得都趴在地上。朱买臣觉得自己有了面子，挺得意地叫他们起来，坐着车马走了。

这么一来，一传十，十传百，没几天工夫，城里、城外都知道朱买臣做了大官。他原来的媳妇儿崔氏也听说了。这时候，那个男的已经死了，可她不敢去见朱买臣，整天待在家里直发愣。街坊上几个妇人跑去对崔氏说："大嫂，你男人做了大官，你怎么还一个人待在这儿呢？"她叹了一口气，说："可是我已经改嫁了。"她们说："可你现在不又是一个人了吗？一日夫妻百日恩。你不去找他，他怎么知道你在这里呢？你过去待他并不坏，再说你们分开以后，你还送给他酒、饭吃。就凭这一点也应该去见见他呀。"正在这时，外面起了哄，有人嚷着说："新太守过来了，快到街上去欢迎啊！"几个妇人就拉着崔氏一块儿去了。

果然，朱太守坐着车马慢慢地过来。崔氏见了朱买臣，不由得跪在街上磕头。朱买臣见了崔氏，仰着脑袋笑了笑，说："你来干吗？"崔氏说："大人不记小人过，请把我收下当个使唤丫鬟吧。"朱买臣想起姜太公

"马前泼水"的故事，他叫手下人拿盆水来，泼在地上。他对崔氏说："你把泼出去的水收到盆里来，我就带你回去。"崔氏听完，站起来晃晃悠悠地走了。

姜太公"马前泼水"

姜太公，原名姜尚，字子牙。他虽然很有才学，精通兵法，但大半辈子都在穷困潦倒中度过。他曾经屠过牛、卖过饭，还做过其他一些行业，但境况一直不好。他的妻子马氏，见他年纪逐渐大了，还没什么出息，就不愿跟他过苦日子，撇下他走了。

后来姜太公在水边钓鱼的时候遇见了周文王，被请回去做了国师。姜太公帮周武王灭了商朝，建立了周朝。武王封他为齐王。这时，姜太公的前妻马氏后悔起来。她跪在姜太公的马前，叩头要求恢复夫妻关系。姜太公不肯原谅她，叫人取来一盆水，泼在地下，然后让她把水收回到盆子里去。但是，这怎么可能呢？

街坊们扶着崔氏回到家里，有个老婆婆劝她："坐车马的大官跟挑柴火的老百姓本来就不一样。大嫂压根儿就用不着伤心。"崔氏只是哭，不说话。谁知，当天晚上，崔氏就上吊死了。

覆水难收

朱买臣与崔氏"覆水难收"的故事出现在清代的昆曲作品里。

水倒在地上还能再收回盆里吗？显然这是不可能的。在这个故事中，朱买臣用这种方式告诉前妻崔氏，两个人的婚姻就像已经泼出去的水一样，再回不到曾经了。

后人用这个成语形容事情已经成了定局，没有办法再改变。

guàn fū mà zuò

灌夫骂座

　　田蚡（fén）是王太后同母异父的兄弟，汉武帝的舅舅。他很会奉承汉武帝，汉武帝把他当作心腹，拜为丞相。

　　当初窦婴担任丞相的时候，田蚡在他手底下，谦虚得不能再谦虚，他把窦婴当成爸爸看待，动不动老跪在他跟前听候吩咐。现在窦婴失了势，田蚡做了丞相，就骄傲得不能再骄傲了。那帮大臣谁得势，就往谁家钻。田蚡的家里唯恐钻不进去，窦婴的家里简直没有客人了，唯独将军灌夫对他不离不弃，反倒跟他越来越亲密了。

　　田蚡听说窦婴在城南有不少田地，就派门客去传话，希望窦婴把那些田地让给他。窦婴可火儿了，他说："我老头子虽说没有用，丞相也不该夺人家的田地呀！"那个门客还直啰唆，刚巧灌夫进来。他一听是田蚡要夺窦婴的田地，就把那个门客狠狠地教训了一顿。

那门客胆儿小，怕把事情闹大。他回去对田蚡说："魏其侯窦婴已经是土埋半截的人了，还能带着地皮进棺材吗？丞相不如再等等，等他死了，再要那块地也不晚。"田蚡只好不提了。偏偏有人向田蚡讨好，把灌夫训斥他门客的话添枝加叶地学了一遍。田蚡听了，气得说："这点儿土地我本来不放在眼里，可是那两个老不死的这么不懂事，看他们还能活上几天！"他上了一个奏章，说灌夫的家族在本乡横行不法，应当查办。汉武帝说："这原本是丞相分内之事，何必问我。"田蚡就打算逮捕灌夫和他的家族。

灌夫得到了信儿，就准备告发田蚡灞上受贿的事当作抵制，他派人向田蚡透了个风声。田蚡得到了灌夫要告发他的事情，自己先心虚，只好托人去跟灌夫和解。

田蚡新讨了一个老婆，王太后为了扩大自己的势力，就下了诏书，吩咐诸侯、宗室、大臣都到丞相府去贺喜。

窦婴约灌夫一块儿去。灌夫说："我得罪过丞相，虽说有人出来调解了，到底是面和心不和的，还不如不去。"窦婴劝他，说："冤仇宜解不宜结。上回的事

159

已经调解开了，这回正好趁着贺喜的机会，彼此见见面。要不然，怕他以为你还生着气呢。"灌夫只好跟着窦婴给田蚡贺喜去。

他们到了丞相府，只见门外和附近已经挤满了车马，长安的热闹劲儿全凑到这儿来了。他们俩到了大厅上，田蚡出来迎接，彼此行礼问好，谁也不像是冤家。大伙儿闲聊了一会儿，就挨着个儿坐下。酒席上，田蚡首先向来宾一个个地敬酒，每个人都离开位子趴在地下，表示不敢当。等到他们的老前辈、老上司窦婴去敬酒，只有几个人离开座位，剩下的人仅仅把屁股挪动一下就算了。灌夫看着这帮人这么势利，心里直骂。

轮到灌夫向田蚡敬酒的时候，田蚡不但不离开座位，还说："不能满杯。"灌夫笑着说："丞相是当今贵人，难道酒量也贵了吗？请满杯！"田蚡不答应，勉强喝了一口。灌夫心里尽管不高兴，可也不好发脾气。等到他敬酒敬到灌贤面前，灌贤的嘴正凑着程不识的耳朵说话，没搭理他。灌夫再也忍耐不住，就借他出气，骂着说："你平日讥笑程不识连一个子儿也不值，今天长辈向你敬酒，你理也不理，怎么倒跟程将军亲热起来了！"

灌贤还没回嘴，田蚡先发作起来了。他说："程将军跟李将军是连在一起的，你在大众面前辱骂程将军，

也不给李将军留点儿面子吗？"灌夫骂的是灌贤，顶多牵连到程不识，怎么把李广也拉了进去呢？这是因为李广的威信高，田蚡故意挑拨一下，让灌夫多得罪几个人。灌夫已经犯上牛性子来了，哪儿还管这些。他梗着脖子，说："今天要砍我的脑袋，挖我的胸膛，我也不怕！什么程将军、李将军的！"

李广和程不识

李广和程不识都是汉朝有名的大将，两人带兵风格迥异。

李广属于粗狂型将军，他的作战风格十分自由，打起仗来，不是赢得漂亮，就是败得惨烈！很多时候，李广都能依靠机动灵活而取胜。程不识却不同，他带兵严谨，严格按照军规制度来训练士兵，因此他所带的军队出战时，往往人不解甲、马不卸鞍，时刻警惕，敌军攻不破，但他也很难取得大胜。

可见，李广力求一个快字；而程不识则力求一个"稳"字。

窦婴连忙过来，扶着灌夫出去。客人们瞧见灌夫

喝醉了酒，闹得不像样子，只怕连累到自己头上来，就站起来打算溜了。田蚡对大伙儿说："这是我平日把灌夫惯坏了，以致得罪了诸君。今天非惩办他一下不可。"他吩咐手下人把灌夫拉回来。有人出来劝解，叫灌夫向田蚡赔不是。灌夫怎么肯向田蚡低头呢？他们摁着灌夫的脖子，叫他跪下。灌夫死也不肯，两手一抡，把他们推开。田蚡吩咐武士们把灌夫绑上，押到监狱里去。客人们不欢而散，窦婴也只好回去。

田蚡上个奏章，说："我奉了诏书办酒请客，灌夫当场骂座，明明是不服太后，应当灭门。"他不等汉武帝批示下来，就先把灌夫全家和族里的人全都逮来，关在监狱里。灌夫也要告发田蚡受贿、谋反的大罪，可是他关在监狱里，里外不通消息，怎么能告发别人呢？

窦婴回到家里，当时就写起奏章来。夫人拦住他，说："灌将军得罪了丞相就是得罪了太后。你的脑袋就是铁铸成的也不能去碰他们。"窦婴说："我不能眼看着灌夫遭毒手而不去救他啊！"

汉武帝看了窦婴的奏章，召他进宫，问个明白。

窦婴说："灌夫喝醉了酒，得罪了丞相，这确实是他不对，可是并不至于死罪。"汉武帝点点头，还请他吃饭，对他说："明天到东朝廷去分辩吧。"窦婴谢过汉武帝，退了出来。

第二天，汉武帝召集大臣们到东朝廷审问这件案子。窦婴替灌夫辩白，说他怎么怎么好，就是喝醉了酒，得罪了丞相，但不应该定他死罪。田蚡控告灌夫，说他怎么怎么不好，应当把他处死。窦婴跟田蚡两个人就打起嘴仗来了。

汉武帝问别的大臣们，说："你们看哪一个对？"御史大夫韩安国说："灌夫在平定七国叛乱的时候，立过大功。当时他身上受伤几十处，还拼死杀敌，是位让人敬佩的壮士。这次因为喝醉了酒，引起争闹，可毕竟没犯死罪。丞相说灌夫不好，也有道理。到底应该怎么办还是请皇上判决。"主爵都尉汲黯是个直肠子，他始终支持窦婴，替灌夫辩护，别的大臣们都不敢发言。汉武帝很生气，袖子一甩走了。他一走，大臣们也都散了。

汉武帝去向王太后报告，太后闷闷不乐，饭也不吃。她已经知道了韩安国、汲黯他们都向着窦婴，不愿意帮助田蚡。她见汉武帝进来，就把筷子一摔，气冲冲地对他说："我今天还活着呢，你就让别人这么欺负我兄弟，赶明儿我死了，他还活得成吗？"汉武帝连连向太后赔不是，马上吩咐御史大夫把窦婴也押起来。

审理这件案子的官员们一见汉武帝连窦婴也要办罪，忙向田蚡讨好，把灌夫定了死罪，还要把他全家灭门。窦婴得到了这个消息，急得只会跺脚，他忽然想起汉景帝曾经给过他一道诏书，说："碰到紧急的时候，可以破格上书。"窦婴就上了一个奏章，把汉景帝特别恩待他的那句话也写进去了。这个奏章一上去，汉武帝叫大臣查档案。他们找不到这个诏书的底子，就说那藏在窦婴家里的诏书是假造的，他们把窦婴判了个欺君之罪。汉武帝明明知道这些人有意要害死窦婴，就把这件案子暂时搁下，先把灌夫杀了再说。

汉武帝杀了灌夫，又把他全家灭了。他想这么一来，总可以对得起母亲和舅舅了。他还想过了年把窦婴免罪。田蚡只怕窦婴不死，将来还有麻烦，他叫人暗中造谣，说窦婴在监狱里毁谤皇上，说皇上是个昏君。谣言传到汉武帝的耳朵里，他立刻下令把窦婴也砍了。

灌夫和窦婴都死了，矮个儿田蚡好像长了半截，更加威风。可是说起来也真新鲜，田蚡忽然得了一种怪病。他只觉得浑身发疼，疼得不停地叫唤。这种怪病，医生没法治。田蚡的新夫人哭哭啼啼地请汉武帝想办法。汉武帝一想，既然没有一个大夫能治这号怪病，不如派个方士去替他求求神吧。那个方士倒是个有心人，他一见田蚡，就说："有两个鬼拿着鞭子在丞相身上使劲地抽打。"不用说这准是屈死鬼窦婴和灌夫。过了三五天，田蚡浑身发肿，喊了几声"饶命，饶命"，滚到地下，咽了气。

灌夫骂座

《史记·魏其武安侯列传》中有载："劾灌夫骂座不敬，系居室。"

灌夫与田蚡结怨。在田蚡举办的酒宴上，灌夫向田蚡及其手下敬酒，却被疏忽怠慢，惹得灌夫当场大骂。田蚡借机定了灌夫一个"不敬"之罪，关进了囚牢。

后人用灌夫骂座来形容为人刚正直爽，率性敢言。

夜郎自大
<ruby>夜<rt>yè</rt></ruby> <ruby>郎<rt>láng</rt></ruby> <ruby>自<rt>zì</rt></ruby> <ruby>大<rt>dà</rt></ruby>

　　鄱阳令唐蒙上书汉武帝，说："南越王的车马、旗子和皇上的式样一样。土地从东到西有一万多里。名义上是个臣下，实际上是个土皇帝。"汉武帝不愿意让南越保持着半独立的地位，他要把南越收在统一的国家里。

　　当初，汉武帝派将军王恢和韩安国去征伐闽越王的时候，王恢曾经派唐蒙去安抚南越。南越王赵胡大摆酒席招待唐蒙，唐蒙吃得很有滋味，其中有一种调味品叫枸酱（枸 jǔ），味道特别好，他就问："这是哪儿来的？"赵胡说："从牂牁（zāng kē）那边运来的。"

　　唐蒙又问："这么远的道儿怎么运呢？"赵胡说："是用船运来的。这儿有一条牂牁江，江面有好几里宽。

这条江就是通牂牁的。"唐蒙的兴趣可并不在枸酱上，他是想找出一条更方便的道路直通南越。

唐蒙回到长安，碰到了一个蜀地的商人。说起牂牁出产的枸酱味道不错，那商人说："枸酱不是牂牁出的，这玩意儿是我们蜀地的特产，是我们那边儿的商人偷偷地在边界上卖给夜郎，再由夜郎卖给南越的。"唐蒙这才知道从蜀地动身经过夜郎可以直通南越。

夜郎境内的牂牁江有一百多步宽，可以通小船。南越曾经拿财物去引诱夜郎，叫他们归附南越，可是夜郎不愿意。唐蒙就想去联络夜郎，再由夜郎去收服南越。唐蒙上书汉武帝，说："过去我们要到南越去是由长沙豫章出发，这条路水道大多不通，难走。现在打听到夜郎有一条牂牁江直通南越。像汉朝这么强，巴蜀这么富，开一条道儿接通夜郎，把夜郎收过来，这是很容易的事情。在夜郎还可以招收十多万精兵，然后多造些船，由牂牁江顺流而下，出其不意地去进攻南越。

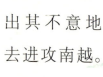

这是制服南越最好的计划。"

汉武帝对于结交夜郎、进攻南越的计划兴趣很大。当即就拜唐蒙为将军，吩咐他先去结交夜郎。唐蒙带领着一千个士兵和一万多个运送货物的人从长安出发。他们翻山越岭、经历了无数的困难，才到了夜郎。

历史上在位时间最长的三位皇帝

第一名，康熙皇帝爱新觉罗·玄烨，8岁即位，在位61年；第二名，乾隆皇帝爱新觉罗·弘历，在位60年，他为了不超过自己的爷爷康熙皇帝，在位满60年时禅让给自己的儿子；第三名，汉武帝刘彻，他16岁即位，在位54年。

夜郎是山沟里的一个部族，四周全是高山，交通非常不便，跟中原素来没有来往。邻近夜郎的还有十几个部族，可都没像夜郎那么大。夜郎的首领竹多同从来没到过别的地方，他正像有些别的古时候的人一样，认为天下就是他知道的那么大的一块地方。既然夜郎是那个地方最大的一个部族，他就认为夜郎是天底下最大的国家了。所谓"夜郎自大"就是这个意思。等到他见了唐蒙和他带来的许多礼物，他才开了眼界。唐蒙一行人戴的帽子、穿的衣服和放在面前的绸缎等许多东西，都是他从来没见过的。这些五光十色的东西已经叫他眼花缭乱了，一听唐蒙的话，知道汉朝的地方竟然有那么大，汉朝人竟然有那么多，不由得承认自己没见过世面，竹多同再也不敢自大了。

唐蒙叫竹多同归向汉朝，汉朝的皇帝就封他为侯，他的儿子也可以做县令，皇上还会派官员去帮助他治理夜郎。竹多同满口答应。他召集了附近的十几个部族的首领，说明结交汉朝的好处。各部族的首领看见了汉朝送给夜郎的绸缎、布帛，都眼红起来。唐蒙就把带来的货物，一份一份地送给他们。他们都很高兴，就跟着竹多同和唐蒙订了盟约，情愿归附汉朝。

唐蒙订了盟约，回到长安报告经过，汉武帝就把夜郎和附近的地方改为犍为郡，另派官员去管理。他再叫唐蒙去修一条可以通车马的大路和栈道，直通牂牁江。唐蒙再往蜀郡调动士兵和民夫动工筑路。这工程非常浩大，又是非常艰苦。士兵、民夫死伤了不少。唐蒙监督得很严。逃走的，逮住就砍脑袋。人数不够，还得在当地抓壮丁。邻近的老百姓受不了，全都抱怨。各种谣言也起来了。蜀郡的老百姓打算逃到别的地方去避难。

这个消息传到了长安，汉武帝想起司马相如熟悉蜀地情形，就派他去安抚蜀郡的老百姓。司马相如到了那边，一面叫唐蒙改变管理的方法，一面写了一篇通告，好言好语地安慰当地的老百姓。他又跟蜀地的上层人士结交了一番，得到了他们的谅解。虽然老百姓还得吃苦受累，可是各种谣言就慢慢地停下来了。

蜀郡的西边、滇的北边有十多个部族。他们的首领早已听到了消息，说夜郎归附汉朝，得到了许多财物，特别是五颜六色的布帛。这会儿又听到汉朝派大官到了蜀郡，就派人去见司马相如。司马相如回报汉武帝，说明西南方的部族接近蜀郡，通路也比较容易，可以设立郡县，那要比收服南方方便得多。汉武帝就拜司马相如为中郎将，叫他从巴蜀拿出钱币和货物作为礼品去送给这些部族的首领。

西南方别的部族听说归向汉朝可以得到礼物，纷纷请求做汉朝的臣下。汉武帝派人到那边去开山、搭桥，造了几条车马道。汉朝就在那一带设立了一个都尉，十几个县，都由蜀郡统一去管理。

夜郎自大

《史记·西南夷列传》中有载："滇王与汉使者言：'汉与我孰大？'及夜郎侯亦然。以道不通故，各自以为一州王，不知汉广大。"

在古时候，交通是很不便利的，这让许多小国不知道自己的国家之外还有更广阔的天地。夜郎就是汉朝时期南边的一个小国，夜郎的国王认为自己国家的高山就是世界上最高的山峰，自己国家的大河就是世界上最长的河流。

后来，人们用夜郎自大这个成语形容有些人因为无知而妄自尊大，不知山外有山，人外有人。

时光之箭

走胡走越

公元前198年
鸡犬新丰

公元前188年
垂帘听政

公元前209年
鸣镝弑父

公元前195年
白马盟誓

公元前179年
前车之鉴

功狗功人

萧规曹随

汗流浃背

田横笑人

公元前193年
萧何去世

公元前180年
汉文帝即位

公元前196年
钟室之祸

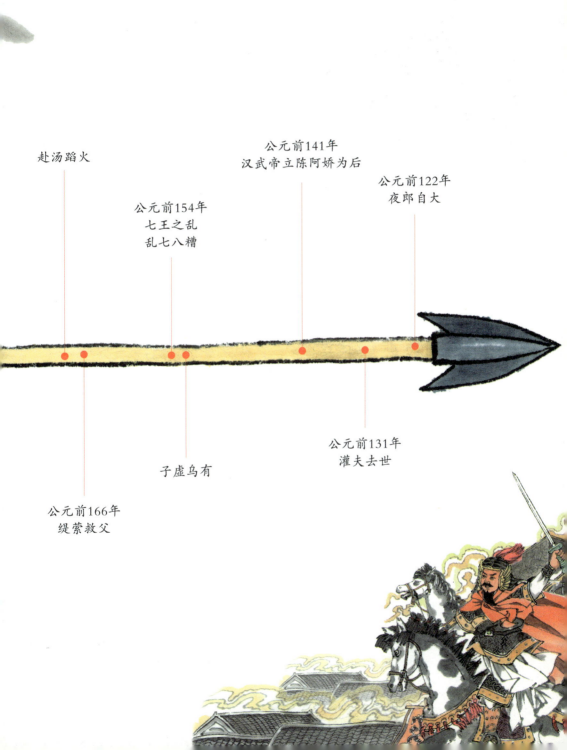

赴汤蹈火

公元前141年
汉武帝立陈阿娇为后

公元前122年
夜郎自大

公元前154年
七王之乱
乱七八糟

公元前166年
缇萦救父

子虚乌有

公元前131年
灌夫去世

追忆我的爷爷——林汉达

林力平

　　我是爷爷的长孙，生于 1954 年。我和爸爸妈妈、爷爷奶奶一同生活在西单辟才胡同 10 号的四合院里，其乐融融。到了 1961 年，我开始上小学。在和爷爷朝夕相处的日子里，尽管我还是个孩子，也受到了他老人家很多影响。

　　记得我上小学四年级的时候，在周日的上午，爷爷经常邀请其他几位爷爷奶奶来家里做客。听我母亲说，爷爷邀请来的都是著名语言学家和表演艺术家们。有几次，我溜边儿坐在了墙角的小板凳上，两手托着腮帮，想听听这些爷爷奶奶到底在聊些什么。

　　客厅里坐满了人。一开始，他们会讨论词语：这些词为什么同音异义？那些词又为什么一词多意？时常争得非常热烈。有时又会讨论起方言：为什么上海人"头、豆"不分，"黄、王"不辨？为什么普通话没有这种现象？爷爷由此经常提起推广汉语拼音的必要性。等到吃饭的时候，时而这位爷爷来段评书，时而那位奶奶来段京剧。他们来上一段就骤然停下，互相探讨起评书、京剧中词语的特殊用法，接着再来下一段。我对国粹艺术的喜爱，大概就源自那些个说说唱唱的周末午后吧。

我最爱听的是快板书。爷爷讲不同节奏的竹板打法，就会产生不同的韵味，而不同的韵味可以用不同的方言来表达。我依然清晰地记得，自己跟妈妈闹着要去西单商场买一副竹板来学，妈妈爽快地同意了。以后在放学的路上，我总是兴奋地从书包里掏出崭新的大小竹板，迈开大步，两手打起了才学会的节拍：啪叽叽啪！啪叽叽啪！啪叽叽叽啪——叽叽啪！嘴里唱道："打竹板，迈大步，眼前来到个理发铺；理发铺，手艺高，不用剪子不用刀，一根一根往下薅，薅得脑袋起大包……"那些日子，着实过了好一阵瘾。

还记得我在西城二龙路上小学五年级的时候，连日风风火火地看完了一部《水浒传》，就常在自己的作文里夹上几句半文半白的话，"大喜、大惊、大怒"之类的词语，以为添了这些词儿，就一定有了长进。一天，在语文课上得到了老师的几句鼓励，心里挺高兴的。一放学，我就快步回到家里，一头栽进客厅，兴奋地把作文拿给正在写作的爷爷，心想，没准儿爷爷也能夸我几句呢！爷爷摘下花镜看了看我，微笑着接过作文稿，重又戴上花镜看了起来。不一会儿，爷爷耐心地对我说："力平，在白话文中夹用文言，不代表文章写得好，只能说明行文落后于时代。"爷爷眼瞧着桌对面的我正在发呆，就笑了笑说："以后做作文一定要语言通俗，从小养成这种习惯，可以用讲话时常用的那些短句子来表达自己

作者与爷爷、奶奶在一起

的想法，这样才能写出通顺的文章。"我懵懂地点了点头，爷爷看我好像听懂了一点儿，就建议我读一读他写的《东周列国故事新编》。

我那年十岁，看到爷爷在书中的序言里给自己定出了三个要求，作为语文学习的方向，那就是："通俗化、口语化、规范化"。后来爷爷又补充道："所说的三点要求，只是外表，还要在内容上有三性：即知识性、进步性、启发性。"我当时还理解不了这些话。不知过了多少个春秋，重温这段话语时，才使我茅塞顿开。

两年前，编辑与我一同探讨起爷爷的通俗历史故事改编问题。我们不约而同地认为，这样一套经典的文本应该以更丰富的样子给当下的儿童留下宝贵记忆，而成语恰恰是很好的一个切入口。现在，这些陪伴了我一个童年的历史故事要重新整理，以成语故事的形式出版了，我感到欣喜又温暖。欣喜的是，过了半个世纪，爷爷的历史故事仍在以全新的面貌影响着现在的孩子。温暖的是，我可以借着这套书，重拾起与爷爷相处的细碎记忆。

爷爷那一丝不苟、严谨治学的优秀品格；充满理性、富于睿智的教育思想；幽默风趣、文如其人的写作风格；胸怀坦荡、表里如一的君子品性，值得我们代代传承。

林力平，林汉达长孙。现任中国文艺评论家协会理事、民进中央文化艺术委员会委员、北京市朝阳区政协委员，曾任中国舞蹈家协会理论研究部主任。

千古兴亡事，一书一画中

王晓鹏

很庆幸，行走插画之路，会遇到像《林汉达成语故事》这样的一套书。

最初，我跟编辑老师商定画一套春秋战国史。文字上不戏说，图画上不逢迎，以简约朴素之态，还原一段真实的历史进程。

中国历史故事需要匹配中国绘画语言。当编辑提出用传统中国画来诠释的时候，我们都陷入沉思与困顿。用水墨画历史，当下的图书绘本市场尚属空白，孩子们能否理解计白当黑的构图呈现？家长能否接受皴擦点染的视觉传达？

说服我们的只有两点：文稿作者是已故学者林汉达先生，著名的教育家、文字学家、史学家。他的文字尊重史实，深入浅出带领孩子们了解历史发展进程；绘画语言选用传统水墨，以形写神，潜移默化教给孩子们体会中国独特的造型观和境界观。

百战旧河山，古来功难全。

面对千古兴亡事，在人物创作上，我不想做脸谱化处理。更多的，我会站在历史角度去重新认知每一位国君，每一个朝臣的人生境遇。

诸如伍子胥，过韶关一夜急白头，可怜；掘墓鞭尸倒行逆施，可叹；

成吴霸业挖眼自尽，可敬。

再如费无极，行事固然小人做派，但能成为楚平王的宠臣，外貌绝不可能蛇蝎鼠类。所以，纵是画奸臣我也不想獐头鼠目，而是做多个造型，或面慈心恶，或满脸城府，或筹谋在握，或伪扮无辜。多方比较，最终权衡，择取最适合其人性的版本。

无数的废稿和最后的"费无极"

古月照今尘，人事已成非。

历代君王朝臣距离我们年代已远，真实相貌无可考究，我只能查找资料，最大限度的还原历史。

诸如孙膑，我参照的是明代遗留的画像与小说绣像的综合。

明代遗留的孙膑画像

诸如西门豹，我参照的是临漳县邺令公园的西门豹雕像。

诸如信陵君，我参照的是东周人物绣像。

创作的过程是推翻与再造的循环反复，通常都是废纸一堆，成品寥寥。根据故事内容，先做铅笔草图，细思量，再琢磨，反复调整至满意时，再以生宣墨线勾描点皴，应物象形。黑白线稿确定后，继以传统国画颜料朱砂、石绿、赭石调以淡墨，随类赋彩。

铅笔草图　　墨线勾描　　随类赋彩

如今，这套《林汉达成语故事》春秋战国系列和两汉系列已上市，共分六册：看画学史，亲子共读。

一书在手，平生塞北江南，眼前万里江山。

王晓鹏，职业儿童插画家。倾力于将中国传统文化和元素植入当代儿童插画，以水彩、水墨为载体，营造清澄、纯真的童话意境。代表作有《传统节日里的故事》《汉字里的故事》等丛书。